彩《いろ》無き世界のノスタルジア

行成　薫

集英社文庫

CONTENTS

*

*

彩《いろ》無き世界のノスタルジア

Nostalgia for the world
without you

交渉屋(1)

おい、マジかよ。

井《い》戸《ど》茂《しげ》人《と》は口の中でそう呟《つぶや》きながら、オフィスの会議室に向かっていた。途中、トイレに寄ってジャケットの着こなしをチェックし、オールバックに整えた髪の毛を細かく直す。前髪が少し乱れているのが癇《かん》に障る。

「課長、あの」

「なんだよ」

井戸を呼びに来た若手の〝社員〟が、後ろをウロウロしながら何か言いたそうにしている。井戸は、鬱陶《うっとう》しい、という思いをありったけ込めて、鏡越しに若造の顔を睨《にら》みつけた。

「あのですね、社長が、急いで来いと」

「へえ」

「早く行かないとマズくないですか」

「なんでだよ」

「なんでって」

「早く行かないとマズい理由を言えよ」

「そりゃ、社長が急げって言ってるわけですし」

「だから、急いで支度してるじゃねえか。今まさに」

「いやでも、髪型とか直している場合じゃなくてですね」

社員の男はひどくおどおどしていて、さっきから井戸と視線を合わせようとしない。

井戸は、ふん、と鼻で笑った。ろくに名前も覚えていないやつだが、覚える必要もなさそうだった。こういうやつはどうせ出世しないし、ほどなく業界からいなくなる。そうだった。

「お前はなんだ、社長がもし、今すぐ死ねって言ったら、その場で腹切って死ねるのか」

「いや、そういうことはないですけど」

「は？　死なねえのか？」

「え、あの」

「社長に死ねって言われても死ねないって程度のやつが、俺に向かって社長が早く来いって言うから早く行け、って言うのか？」

「あのう、そうじゃなくってですね」

井戸は振り向きざまに男の髪の毛を鷲掴《わしづか》みにすると、そのまま頭を引き倒し、顔面に膝蹴りを入れた。ぷあ、と間抜けな声を出して、男は汚いトイレの床にへたり込む。顔を押さえた手の隙間からぼたぼたと鼻血を垂らし、情けなく呻《うめ》く。

部下に暴力を振るえば普通の会社ならもちろん大問題になるのだろうが、ここではそんなことなど日常茶飯事だ。「株式会社トゥエンティエックス・エステート」、略して「TXE」などとイマドキの社名を名乗ってはいるが、この不動産会社は暴力団が経営の裏にいる、所謂《いわゆる》「フロント企業」というやつである。

一口にフロント企業と言ってもいろいろで、オーナーがスジモノというだけでほぼ一般企業と変わらない会社もあれば、そうでないところもある。TXEはそうでない方の会社だ。一般人《カタギ》を雇って企業としての体裁を整えてあるのはビルの一階部分だけで、他のフロアなどはかつての組事務所そのままだ。よくもまあこれで警察に踏み込まれずに済んでいるものだ、と呆《あき》れるくらいのハリボテっぷりである。当然、社内も世間一般と別の論理で動いている。上の機嫌を損ねれば、鼻血が出るほど殴られたとしても文句は言えない。TXEにおける「若手社員」という言葉は、「サンドバッグ」とほぼ同義だ。

「お前は俺が遅れて行くのを自分のせいにされんのが嫌なだけだろ？　つまり俺のことはどうでもいいわけだ。自分の責任にされたくないから、俺に向かって、社長に従え、なんてことを言う」

一体何様だ？　と井戸が笑いかけるが、男は言い訳をすることもできず、涙目で首を横に振るばかりだった。

「まあ、それはどうでもいい。人間、みんな自分が一番かわいいからな。だから、お前が怒られたくねえって思うことを否定するつもりはねえんだ。なあ、わかるか？　わからねえのか？　お前はバカか？」

井戸の言葉がわかっているのかいないのか、男は何度も首を小刻みに動かす。だが、肯定していいのか否定していいのかわからずに、縦に振ったり横に振ったりを繰り返している。こいつは絶望的に頭が悪いな、と、井戸はため息をついた。

「いいか？　お前が自分勝手に生きるのは構わねえ。いいもんが食いてえ。いい車に乗りてえ。いい女を抱きてえ。バカのくせにそう思ってるから、コッチの世界に来たんだろ？　違うのか？」

鼻血を垂らしてうなだれる男の頬を張り飛ばしながら、井戸は、なあ、違うのか？と何度も問い詰める。男は、消え入るような声で、そうです、と答えた。そうです、じゃねえよ、と、笑いながらまた一発殴る。

「だったらな、お前は自分のために誰についた方が得か、ってのを、その足りねえ頭で必死に考えなきゃいけねえんだ。お前は誰を選ぶんだ？　あのボケかけたジジイか？」

「か、かちょう、です」

「そうだよなあ。そうなんだ。普通の頭で考えたらそうなるんだよ。いいか、そこを間違うとこうなるってことだ」

座り込んだ男の顔面を無慈悲に蹴り上げると、井戸は血のついた手を洗い、乱れた襟元を直した。正直に言えば、トイレに寄ったのは会議室に行きたくなかったから、という単純な理由だ。お腹《なか》痛いから学校休む、と駄々をこねる子供とあまり変わらない。ただ、さすがにそうも言っていられないことは、井戸もわかっている。

揺れるエレベータでしぶしぶ二階上に上がり、会議室のドアをそっと開けて滑り込む。あまり広くない部屋の中は、ずらりと整列したダークスーツ姿の社員たちで埋まっていた。井戸が見てもガラが悪いと思うのだから、カタギには相当な威圧感を与えるだろう。奥に座る〝社長〟の前には、二人の人間が立っていた。井戸は周りに気づかれないように舌打ちをする。顔を強張《こわば》らせて立っている辛気臭い女のことは、よく知っていた。

女が脱サラした夫とTXEにやってきたのは、昨年のことだ。「おしゃれなカフェをやりたい」などとお花畑を絵に描いたようなことを言う二人は、駅前の店舗用物件を探しに来たのだという。駅付近の家賃相場すらろくに下調べもしていないほどのド素人で、井戸からすればネギを背負《しょ》って来たカモだった。

井戸は欠陥ビルの一階というカス物件を相場の倍の値段で契約させるよう部下に指示し、半ば強制的に判を押させた。カフェ開店後は、昔でいう「みかじめ料」代わりに、観葉植物やら空調のメンテナンス契約を次々と持ちかけた。払えないと言おうものなら、違約金を請求して追い出すと脅す。店は放っておいてもどうせ一年ももたなかっただろうが、井戸は徹底的に夫婦を追い込んだ。この世界は弱肉強食だ。井戸のビジネスの基本は、弱者は搾れるだけ搾る、だ。

当然のように、夫婦の店は見る間に赤字塗《まみ》れになっていった。もう無理だと頭を抱える夫婦に金貸しを紹介させたのも井戸だ。無論、その「金融業者」もＴＸＥの系列企業であり、生活費であっという間に消えるであろうたった二百万円の借金には、法定金利などくそくらえという利子が乗せられることになった。

結局、店の惨状と膨れ上がっていく借金に絶望した夫は、すべて背負って首を吊《つ》った。だが、井戸は女に相続放棄などさせなかった。亡き夫の生命保険をきっちり分捕り、遺品まですべて毟《むし》り取って金に換えた。それでも、借金は元金が丸々残っている。一年後には、再び同じ額まで膨らむことになるだろう。その泥沼から、女はもう抜け出せない。

弱者《バカ》を食い物にする。「反社会的企業」の業務《シノギ》とはこういうものだろうと井戸は思うのだが、耄碌《もうろく》した社長は、カタギには手を出すな、などとぬるいことを言う。法律や条例で締め上げられ、これまでのシノギを根こそぎ潰された今、任俠《にんきよう》を気取りながらどうやって本家へ納める金を稼ぎ出すつもりなのか、井戸には皆目見当がつかない。

「課長」

長身にスキンヘッドといういかつい風貌の部下が、するりと井戸の隣にやってきた。樋口《ひぐち》という名で、バカと単細胞が多い会社の中で、井戸が唯一それなりに評価している男だ。

「おい、あいつが？」

「らしいです」

——交渉屋。

おお、あいつかあ、と、井戸は芸能人でも見たかのように笑った。

午前中、「サワダマコト」と名乗る男から「女と一緒に会社に行く」という電話があったことは井戸も知らされていた。女をこってり搾った話は、社長には報告していない。もろもろバレてしまうと井戸の立場が危うくなるが、向こうから来るというのを防ぐ手立てもなかった。

男は電話口で、「交渉屋」を自称していたという。

井戸は「交渉屋」と聞いて、法律を盾に騒ぎ立てるハイエナ弁護士のような輩《やから》を想像していたが、女と並んでいる交渉屋は予想とは少し印象が違って見えた。背が高くてかなり体格がよく、ニット帽に無精ひげ、ややダボっとしたネルシャツにチノパンというラフな服装。飄々《ひょうひょう》としていて、摑《つか》みどころがない。この状況でも動揺や緊張感が見て取れないのが不気味だった。

「ずいぶん舐《な》め腐ってんな」

「そうなんですよ。なんかあるかもしれないですね」

腕っぷしに少々自信があるとか、権力者と懇意にしているとか、「力」を頼りにしている人間ほど、単純な暴力の前では恐怖するものだ。だが、交渉屋はそうではなかった。怖いもの知らずか、よほどのバカか、もしくは——。

「で、なんて言ってんの？　あいつ」

「それが、謝れって」

「謝れ？」

「あの女に、土下座をして謝れと、社長に」

樋口曰《いわ》く、交渉屋の主張はこうだった。夫が自殺し、女が多額の借金を背負ったのは、TXE社員の行きすぎた行動によるものである。人として誠心誠意、代表者である社長に謝ってほしい——。

なんだそりゃ、という話だ。

井戸は理解が追いつかないまま、交渉屋の横顔を見た。いきなり土下座をしろと言ったところで、はいそうですか、と従うわけがないことくらいわかるはずだ。だとしたら、その言葉の意図するものはなんだ。いくら考えても答えが見えてこない。

当然のことながら、社長は「そんなことはできん」と一蹴し、不毛な押し問答になっているようだ。交渉が完全に膠着《こうちゃく》したと見たのか、交渉屋は大きく一つため息をつき、シャツの胸ポケットから煙草《たばこ》を取り出して一本咥《くわ》えた。火を点《つ》ける前に、どうしてもダメですかね、と、人を食ったようなことを言う。室内の空気が一気に変わっていくのが、井戸にもわかった。殺意や敵意の目が、一斉に男の頭に集まっていく。

交渉屋は「しょうがねえな」と一言呟くと、突然、右手を社長に向けた。わずかに見えたのは、袖口から覗《のぞ》く細いノズルのようなものだ。そこから液体が噴き出し、社長にかかる。おそらく、シャツの内側に液体の入った袋か何かを隠し持っていたのだろう。

何しやがる、という怒号とともに、社員たちが一斉に拳銃《チャカ》を構えて銃口を向ける。おいおい、全員持ってんのかよ、と、井戸は肩をすくめた。女は悲鳴を上げてその場にうずくまったが、男は意に介す様子もなく、いつの間にかライターを手にしていた。

「おい、やめとけよ、バカども」

大声を出すと、全員の視線が井戸に集まった。正確に言うと、交渉屋以外の全員の視線、だ。

「下手に撃ったら、社長が火だるまだぞ」

離れていても鼻の奥につんと来る臭《にお》いに、井戸は顔をしかめた。ガソリンか、別の有機溶剤の類《たぐい》か。いずれにせよ、よく燃えそうな刺激臭が立ち込めている。交渉屋は、あろうことか自分にもその液体をかけていた。仮に、誰かが交渉屋を撃てば、銃弾の熱で引火、社長に燃え移る可能性がある。脅しとしては効果的だが、静電気の火花が散っただけでも気化したガスに引火しかねないのだ。自分が火に包まれるリスクも低くない。

怖いもの知らずなのか、バカなのか、それとも――。

「収めろ」

社長が額に脂汗を浮かべながら、かすれた声を出した。怒号の飛び交っていた部屋が、しんと静まる。耄碌ジジイの社長だが、さすがにこの業界を長いこと生き抜いてきた人間だけあって、井戸と同じ嗅覚は持っているようだ。

あいつはヤバい。

部屋にいるほとんどのバカどもは、そのヤバさがわかっていない。交渉屋の行動は、ヤケクソでも賭けでもない。無謀でも勇気でもない。自分の命を簡単に、かつ冷静に交渉のツールとして使っているのだ。命を惜しまない人間に、脅しもハッタリも効くわけがない。金で釣ることもできないし、嘘《うそ》で騙《だま》すこともできない。銃を向けたところで、撃たれることを恐れもしないだろう。存在そのものが爆弾みたいなやつが交渉を持ちかけてくるのだ。それが如何《いか》に無茶な要求であっても、命を惜しむ人間は呑《の》まざるを得なくなる。

――なるほど、これが「交渉屋」か。

じっとりと額に汗を浮かべた社長が、ピリピリとした緊張感の中で立ち上がった。一歩一歩、交渉屋の視線を確かめるように動き、やがてうずくまっている女の前に跪《ひざまず》く。申し訳ない、この通り。震える声で、要求された通りに謝罪をする。交渉屋は火の点いていない煙草を咥えたまま、にこりともせずにスマートフォンでその一部始終を撮影していた。ヤクザ、もといTXEの商売は、カタギに舐められたら終わりだ。人の弱みを握ってしかるべき組織のトップが土下座などする映像が拡散されてしまえば、威光は地に落ちる。おそらく、それをわかった上でやっている。

交渉屋は膝をついた社長に近寄ると、持っていたスマートフォンを操作して、土下座動画を再生した。静まり返った部屋に、「申し訳ない」という社長の情けない声が響き渡る。

「てめえ、何が目的だ」

いきり立った周りの言葉にすぐ答えは返さず、交渉屋はライターで煙草に火を点けた。思わず、居合わせた全員が腰を引く。井戸自身も、無意識に一歩下がっていることに気づいた。交渉屋は「煙草はやめたんだった」と、本当か軽口かわかりにくい一言を吐いて、火の点いた煙草を背後に放り投げる。煙草が飛んできた辺りにいた社員たちが、小さな悲鳴を上げながら、慌てて煙草を踏み消す。もはや、この部屋にいる全員が交渉屋に呑まれていた。悔しいことに、井戸もその中の一人だった。

「じゃあこれから、交渉を始めたいんですがね」

これから？　と、井戸の頬が引きつる。今までのは一体なんだったんだ、と背筋にうすら寒いものすら感じる。その後に男が続けた言葉を聞いて、井戸はさらに凍りつくことになった。

――この動画、いくらで買っていただけますかね。

――俺としては、一億くらいでお願いしたいんですけど。

変わりゆく世界と変わらないナポリタン

1

お待たせしました、というファミレス店員の辛気臭い声と一緒に、俺の注文した「ナポリタン・スパゲティ大盛り」が運ばれてきた。よく言えば昔ながら、悪く言えばなんの工夫もない直球のナポリタンだ。たまねぎとピーマン、申し訳程度のベーコンが入ったスパゲティをオリジナルのトマトソースで炒《いた》めたもので、それ以上でもなければ、それ以下でもない。だが、独特な味わいがあって、俺はいたく気に入っている。

俺の向かい側には、オムライスが置かれた。よく言えば昔ながら、悪く言えばセンスが古すぎて逆に目新しく見える古典的なオムライスだ。刻んだたまねぎとピーマン、パサパサの鶏肉《とりにく》が申し訳程度に入ったチキンライスに薄焼き卵を被《かぶ》せたもので、やはり、それ以上でもなければ、それ以下でもなかった。このご時世にワンコイン以下という安さは魅力だが、正直、あまり食べたいとは思えない味だ。

「ねえ」

「なんだ」

「信じらんないんだけど」

「何がだよ」

俺は同時に運ばれてきた市販品の粉チーズを手に取ると、半ば機械的にわさわさとスパゲティに振りかける。対面に座った彩葉《いろは》が、眉下でそろえた前髪の下からじっとりとした視線を寄越《よこ》していることに気づいてはいるが、それに対してどう反応を返せばいいのかはわからない。

「なにこのオムライス」

「何か変か？」

「普通、オムライスって言ったらさ、とろとろとかふわふわのタマゴがのってるよね？」

「まあ、イマドキはそうなんだろうな」

「イマドキって、彩葉が生まれてからずっとそうだよ」

「お前が生まれたのなんか、つい最近だろうが」

何歳だっけ、と俺が聞くと、彩葉は不機嫌そうに、小五、と答えた。巷《ちまた》の小学五年生が何歳なのかを聞いているんだ、と、俺は聞きなおす。それくらい計算しなよ、と、生意気な返事がくる。頭の中で少し計算し、十一歳？　と聞く。彩葉はさらに不機嫌そうな顔で、正解、としぶしぶ答えた。もしかしたら、わざと間違えてやった方が機嫌を直してくれたかもしれない。

「オジサンの中では、オムライスってこれなわけ？」

「オジサンて言うんじゃねえよ」

「いくつだっけ」

「三十五。もうすぐ三十六になる」

「オジサンじゃん」

「オジサンか。まあ、そうかな」

俺は思わず、水分の少ない自分の肌を撫《な》でた。とはいえ、二十五、六の頃から容姿も体力も頭の中身もさほど変わった気がしないのだが、俺も一般的にはもうオジサンと呼ばれていい年齢になってきているらしい。

「タマゴがぺらぺらでカチカチのオムライスとか、見たことない」

「まあ、俺の世代でも懐かしいスタイルだからな」

「だから、あっちに行こうっていったのにさ」

彩葉の視線の先を辿《たど》ると、窓の向こう、国道を挟んだ向かい側にもう一軒のファミレスが営業しているのが見えた。誰もが名前を知っているであろう全国チェーンのファミレスで、その波はついにこの街にも押し寄せて来た。ファミリーというほのぼのとした響きとは裏腹に、競合店の目の前に出店するようなやり方は、なかなか殺伐としている。

「あっちもこっちも同じようなもんだろ。ファミレスなんだし」

「同じようなもんだったら、あっちでもいいじゃん」

「同じようなもんだから、こっちでいいんだよ」

「オムライスもとろとろタマゴだし、ドリンクバーだってさ、スムージーとかフレッシュジュースもあるんだよ？」

「ガキはメロソーでも飲んどけ。緑のやつ」

道路を挟んで向かい側にできたファミレスに、俺はもう一度目を遣《や》った。大衆的ではあるが、現代的ですっきりとした外観。広い駐車場には、何台もの車が停《と》まっている。週末などは親子連れでかなり賑《にぎ》わっているようだ。

対して、俺が彩葉と同じくらいの歳《とし》から通っているファミレス「ミルキー・ミルキー」は、時代に置いていかれている感じがどうにも否めない。外装などはネオン管をひん曲げて作った店名ロゴが夜になるとカラフルに光り出すという昭和ロマン溢《あふ》れるハイセンスさだし、内装は座席や備品の傷みがかなり目につく。

長年地元の人間に愛され続けてきたローカルチェーン店ではあるが、ここ最近は大手の資本の力に押されて、地域内の数店が閉店に追い込まれている。昔から店内が混雑しているところなど一度たりとも見たことがないが、向かいに大手ファミレスが出店してからはさらに客の姿が減った。最近は店内の照明も間引かれていて薄暗いし、頭の毛が薄い店長の顔も恐ろしく暗い。

「ねえオジサンさ」

「だから、オジサンって言うんじゃねえよ」

「なんで？　まだ若いつもり？」

それもあるけど、と、俺はちらりと目を横に動かした。今日も、閑散とした店内をくたびれた顔の店長がずっと見ている。心ここにあらずという感じではあるが、客が「父親《おや》娘《こ》」ではなく、「オジサンと少女の二人連れ」であることに気づかれたら、あまり微笑《ほほえ》ましい光景ととらえてはもらえなくなるかもしれない。

歳のわりに頭の回る彩葉が、ああ、と、俺の言いたいことを察してくれる。じゃあ、パパって呼ぶ？　などと嫌そうな顔をするが、それも考えものだ。俺は、バレない嘘をつく自信がない。

「で、なんだよ」

「それ、いつまでやってるの？」

彩葉が指差したのは、俺の手元だ。さっきまで粉チーズを振りかけていた俺の右手は、今度は市販のタバスコの瓶を振っていた。ナポリタンの上には粉チーズの山ができていて、タバスコが噴火口を作っている。経費削減に頭を悩ませているであろう店長には申し訳ない限りだが、この食い方ばかりはやめることができないでいる。

「気が済むまでだな」

「いつもこんな食べ方してるわけ？」

「ここに来た時は」

「どんくらい来てんの？」

「週に五回くらいだな」

「ほぼ毎日じゃん！　死ぬよ？」

「毎日でもいいんだが、一応健康に気を遣って五回にしてる」

焼け石に水、って知ってる？　と、彩葉は呆れ顔で俺を見る。彩葉は頭がいいようで、使う言葉がいちいち子供らしくない。学生時代にろくすっぽ勉強をしてこなかった俺は、うまく切り返せずに口ごもる。

「絶対さ、見えないところが病気になってるよ」

「そう簡単には死なないから大丈夫だ」

「そんなヤバそうなものを食べてるのに？」

「案外旨《うま》いんだけどな」

「嘘つき。おいしいわけない」

彩葉が出来上がったばかりの俺仕様ナポリタンを指差すので、俺は皿を前に押し出す。彩葉は俺からフォークを受け取ると、粉チーズとタバスコでできた活火山を崩し、スパゲティと絡めて器用にくるくると巻く。少しにおいを嗅いで眉間にしわを作ったが、俺の一口の半分ほどの量をおそるおそるといった様子で口に運んだ。その瞬間、あどけなさの残る彩葉の顔が、尻尾《しっぽ》を踏まれた猫のように歪《ゆが》んだ。

「どうだ？」

「やっぱ嘘つきじゃん！」

「嘘はついてない」

「臭いし辛いし酸っぱいし！」

「子供舌だな」

「絶対違うよ、味オンチ！」

「いちいち口が悪い」

「なんでこんなの食べ続けなきゃなんないの？」

「まあ、俺にとっては懐かしの味ってやつなんだ」

「ミルキー・ミルキー」でナポリタンを食うという行動は、俺にとっては理由を考えるようなことではない。入店する時点で初めから注文すると決まっているのだ。今日はどうしようか、などとメニューを眺めることすらせず、席に案内されるなりナポリタンを注文し、「ご注文は繰り返さなくていい」と告げる。

「これがおいしいとかほんとに思ってるわけ？」

「旨くないか？」

「誰がどう考えてもマズい」

「まあ、正直なことを言えば、味はどうでもいいんだ」

「は？　ご飯食べるのに、どうでもいいわけないじゃん」

「食うことに意義があるんだよ。もうそろそろ、食えなくなるからな」

「食べらんなくなるって、なに、このお店、つぶれるの？」

「目の前の国道を拡《ひろ》げるのに、建物を潰《つぶ》さないといけねえらしい」

まあ、ほっといてもつぶれそうだけど、と、彩葉は閑散とした店内を見回し、中のウレタンが飛び出したシートの破《やぶ》れ目《め》を指でほじくる。

「閉店前に食べられるだけ食べておこうって？」

「そうだな。味を忘れないように」

「そんなのチーズとタバスコ買ってくれれば、家で作ったって同じ味だよ」

まあ確かにな、と、俺は頷《うなず》くしかない。

俺はずいぶん長いこと、ほぼ同じ毎日を繰り返している。朝起きて、仕事がある日は仕事をして、夜が来たら眠る。「食わないと死ぬから」という理由で飯は食うが、何を食べても特に感動もしないし、取り立てて旨いものが食べたいとも思わなかった。料理をしようという気もないし、あちこち店を探し回ろうという気も起きない。結局、そういう人間は同じものを食べ続けるのが手っ取り早いのだ。最初から食べるものを決めておけば、俺は何が食べたいのか、などと迷わずに済む。ここのナポリタンは、俺にとって迷う必要のない、「約束された料理」だった。

それが、突然なくなってしまうのだから困りものだ。「ミルキー・ミルキー」自体は市内の他の場所にもいくつか店舗があるが、このままでは倒産も時間の問題だ。つまり、この店の閉店によって、俺の「懐かしの味」は消滅の危機を迎えることになる。

「他に食べたいものないの？」

「ないな。これといって」

「お寿司《すし》とか、焼肉とか、スイーツとか」

「まあ、食えば旨いんだろうが、食いたいと思ったことはない」

「なんで？」

彩葉の「なんで？」は毎回難しい。俺の中に、彩葉の疑問に対する答えが用意されていないからだ。たぶん、俺にそんなことを聞いてくる人間がいなかったせいだろう。

「旨いのかなんなのか、よくわからねえんだよ」

「おいしいもの食べて、おいしい！　しあわせ！　とかないの？」

「幸せ、ねえ」

考えたこともない問いに頭を悩ませていると、彩葉が、理解できない、とでも言うように、わざとらしくため息をつきながら首を横に振った。

「ねえ、オジサンてなんのために生きてんの？」

「さあな。今のところは、死ぬ必要がないから生きている」

「それって、生きてる意味ある？」

「意味と言われると、わからないな」

「将来の夢とかは？」

「もう夢を見る歳でもないだろ」

「じゃあ、子供の頃は夢があったの？」

俺は少し自分の記憶を探るように天井を見上げた。

「そういや、ガキの頃から夢なんかなかったな」

「やる気全然ないじゃん」

「お前にはあるのか？　将来の夢」

「ないわけじゃないけど」

「なんだよ。女優、とかか？」

まさか、と、彩葉は片眉を上げてやや大げさに否定した。

「三食昼寝付きの生活」

「どこで覚えてくるんだ、そんな言葉」

俺は自分の前に戻ってきたナポリタンをフォークですくい上げ、啜《すす》るようにして口に放り込む。タバスコの酸味と辛味がチーズ臭さと混ざって元の味など完全に消し飛ばしているが、俺の脳はもはやナポリタンとはこういうものだと思っているらしく、普通に受け入れてしまう。俺が平気で食べ進めるのを見て、彩葉は、信じられない、と言うように肩をすくめた。

「ねえ」

「うん？」

「今日の夜ごはんはどうするの？」

俺は、今まさに食べているナポリタンを指差す。彩葉は、今度は言葉に出して「嘘でしょ？」と言った。彩葉が俺の部屋に転がりこんできてから三日、食事はコンビニ弁当で済ませていた。基本的に、俺の生活における食事とは、「ミルキー・ミルキー」かコンビニ弁当かの二択だ。

「そんなの付き合いきれないって」

「ああ、そうか。まあ、そうだろうな」

「今日の夜からはさ、彩葉が作るから」

えっ、と思わず声が出る。彩葉のやや黒目がちな両目は、冗談を言っているようには見えない。

「本気か？」

「当たり前じゃん。毎日ファミレスとコンビニ弁当じゃ、普通飽きるから」

「料理なんかできるのか」

「そんなにすごいのはできないけど、ちょっとくらいなら」

「俺が小五の時はちょっとくらいもできなかったし、なんなら今もできないんだが」

「なんでよ。やればできるよ」

「手先が不器用なんだ。靴ひもを結ぶのも必死に練習したくらいだからな」

「重症じゃん」

「重症だろ？」

俺は頷きながら、自分の思うままに動いてくれない手のひらを結んだり開いたりする。

彩葉が、ゴツい手、と鼻で笑った。

「ねえ、オジサンの家に鍋とかフライパンとかあったっけ？」

「何もない」

「調味料は？」

「あるわけがない」

「もう。じゃあ、買って帰ろ。お金はあるでしょ、オジサン」

「買うのはいいけどな、そんなもん、俺には使い道がねえんだよ」

「いいの。彩葉が使うんだから。お昼終わったら買い物ね」

俺は、まあいいか、と受け入れる。どうせ、金の使い道も、シンク下の収納の使い道もないのだ。鍋とフライパンを買うくらいはどうでもいいことだ。彩葉は、なに作ろうかなあ、と思案しながら、ようやくオムライスを口に入れた。

「ねえ」

「なんだ」

「信じらんないんだけど」

「何がだ」

「めっちゃおいしいじゃん、これ」

俺は、昔から「安いけどあまり旨くない」と評判のオムライスを嬉々《きき》として頬張る彩葉を見ながら、夕飯を任せることに一抹の不安をおぼえる。

2

昼下がりの駅前は雑然としている。

駅と言っても、いくつもの路線が乗り入れているようなターミナル駅からは少し離れたローカル駅だ。駅前一帯も地元住民の生活圏ど真ん中で、路地という路地に自転車がずらりと並び、子供と買い物袋を豪快に抱えた主婦や、日に焼けた営業社員らしきサラリーマン、学校帰りの学生たちが往来をせわしなく行き交っている。

この駅の北側の辺りは、戦後の闇市から発展したらしい。ごみごみとしていてお世辞にもきれいとは言い難い街だが、今は市が再開発の計画を立てている。これからの数年間で密集した古い建物を段階的に取り壊し、高層マンションや商業施設を建造する。道は舗装し直し、まるで海外のリゾート地のような空間に生まれ変わる予定だそうだ。

街がきれいになるのはいいことだが、反面、俺が育った世界が、少し遠くなるような気になる。小ぎれいに整えられた駅前は、俺にとってはもう別の街でしかない。もちろん、再開発に反対するほどではないが、もし俺が市長だったら、駅前は別に今のままでいいだろ、と言うかもしれない。

彩葉は飲み屋が立ち並ぶ大人のエリアには足を踏み入れたことがないようで、帽子を目深《まぶか》に被りながらも、興味深そうに左右を見回している。時折、存在を確認するように、振り返って俺を見上げた。

「家までどれくらい？」

「ここからだと、歩いて三十分くらいだな」

「そんなに歩くの？」

「バスに乗っても、なんだかんだそれくらいかかるんだ」

「来た時みたいに、タクシーでいいじゃん」

「ガキのくせに贅沢《ぜいたく》を覚えんなって」

「違うよ。重いかなと思ったの、それ」

彩葉が口を尖《とが》らせながら、俺の持つ白いレジ袋を指差した。右手の袋には鍋やらフライパンやらといった調理器具が詰め込まれていて、左手の袋には彩葉の言うままに買った食材が雑に捻《ね》じ込まれている。確かに重いと言えば重い。

「これくらいは大丈夫だ」

「とか言って、途中で落とさないでよね」

「そう思うなら、鍋一個くらい持ってくれてもいいんだぞ」

「え、それはやだ」

軽やかに歩く彩葉の後ろ姿を追いながら、俺は、やれやれ、と軽く息を吐いた。ただでさえ人と会話することなど滅多にないのに、子供、さらには女子ともなると、俺にとっては初めて猫を飼うのとそう変わらない。どこから近づいていいのかもわからないし、どう接していいのかもまるでわからない。むしろ飼い方マニュアルがある分、まだ猫の方がやりやすいかもしれない。

「ねえ、早く帰ろうよ、オジサン」

「だから、オジサンって言うんじゃねえよ」

彩葉に合わせて少し歩くスピードを上げようとしたまさにその時、俺のパンツの尻ポケットがぶるぶると震えだした。はじめはパチンコ店のイベントの通知かと思ったが、どうやら誰かから着信が来ているようだ。俺に電話がかかってくることも滅多にないが、かかってくるとしたら仕事の話に決まっている。

俺は容赦なく先に行く彩葉に向かって「ちょっと待て」と慣れない大声を出して呼び止め、スマートフォンをポケットから引っ張り出そうと躍起になった。けれど、ずしりとした荷物で両手の自由が利かないせいか、スマホの角がポケットに引っかかってなかなか出てこない。焦って自分の尻をまさぐっていると、引き返してきた彩葉が、袋を置けばいいじゃん、とごもっともなことを言った。俺は調理器具の詰め込まれた袋を下ろし、ようやく電話に出る。案の定、用件は仕事だった。電話に出るまではずいぶん苦労したが、実際の通話はものの数十秒で終わる。

「ちょっと、事務所に寄ってもいいか」

言った瞬間に彩葉がまた不機嫌になるだろうと思いつつ、俺は「事務所」の方向を指差した。文句を言われないように、すぐそこだし、と言い訳をしておく。

「どうせ、やだって言っても行かなきゃいけないんでしょ」

「まあ、仕事だからな」

「そんなに大事？　仕事って」

「どうだろうな」

「彩葉のパパもさ、ずっと仕事仕事って言って、全然家に帰ってこなかった。なんで？」

相変わらず、なんで、が難しい。

「大人は、仕事をしていると楽だからだろうな」

「楽？　仕事って、疲れるもんじゃないの？」

「もちろん疲れるが、生きてるって気がするだろ」

「疲れるのに？」

疲れるからさ、と、俺は答えた。

「全然わかんない」

「大人になるとな、毎日が変わらなくなってくるんだ。どこもかしこも同じ風景に見えるし、刺激もなくなる。そんな何もない場所で、何もせずにただ時間を過ごすのは苦痛だろ」

「仕事をしてると、マシなわけ？」

「仕事をしている間だけは、そういう面倒なことを考えずに済むからな」

俺は地べたに置きっぱなしの袋を持ち上げると、「事務所」に向かおうとした。だが、彩葉が口を尖らせたまま歩こうとしない。早く帰りたかったのに、という拗《す》ね方《かた》とは少し違う気がした。

「でも、オトナがさ、すぐ仕事仕事って言うの、大嫌い」

「それは悪かった」

「簡単に謝らないでよね。どうせ、仕事辞める、とか言えないんだから」

「それは、その、悪かった」

謝るな、とは言われたが、他に言葉が頭に浮かんでこない。謝ったことを謝るべきか、という答えのなさそうな問いに俺は悩まされる。

「オトナはそうやってすぐ仕事を言い訳にしてさ、嘘ついて約束破る。ずるいと思う」

「そうかもしれないな」

「でも、子供はさ、オトナに頼らないと生きていけないようにされてるじゃん。働けないし、義務教育とかあるし。だから、オトナがどんだけ嘘ついたって、結局許すしかないもん。謝ったって、どうせ口だけでしょ。みんな嘘つき」

彩葉の言う「オトナ」が誰を指しているのかを判断する術《すべ》はないが、誰か他の人間の顔が浮かんでいるのだろうということは、鈍い俺にも感じ取れた。

「どうすればいいか、俺にはわからないんだが」

「別に、どうしてほしい、とかじゃない」

「一つ、約束はする」

「約束？」

「俺は、嘘はつかない」

「ついたじゃん。あのナポリタンはめっちゃマズかった」

「それは嘘じゃなくて、好みの違いだろ」

「でも、嘘つかないなんて言っちゃって大丈夫なの？」

オトナって嘘つかないと死ぬんでしょ？　と、彩葉が偏見に満ちた皮肉を言った。

「大丈夫だ」

へえ、と、彩葉が値踏みするように俺の顔を見上げる。

「じゃあさ、何分で帰れる？」

「いつもの感じだと、三十分だな」

「三十分ね。もし、嘘だったらどうする？」

「大丈夫だ。言ったろ？　俺は嘘はつかない」

彩葉は少しきょとんとした顔をしていたが、やがて、しょうがないなあ、と芝居がかった仕草でため息をついた。

「約束？」

「約束だ」

彩葉が右手の小指を差し出す。俺は困惑しながら彩葉の小指を見るばかりだったが、無言の催促を受けて、レジ袋を手首にぶら下げたまま自分の小指を絡ませた。彩葉の指の小ささに少し驚きながらも、ゆっくりと何度か上下に振る。定番の歌を歌うことはなかったが、俺と彩葉の中に世代を超えた共通のリズムが流れているのがわかった。

「嘘ついたら？」

「針千本でもなんでも飲むさ」

「それ、彩葉にメリットなくない？」

「メリットとかデメリットの問題か？」

「嘘ついたら、タクシー拾ってかーえる」

「結局、楽したいんじゃねえか、お前が」

いいじゃん、お金はあるんでしょ、と、彩葉が俺の腕を叩《たた》く。

3

駅前、寂れた商店街の一角に埋もれるようにして建つ雑居ビルに、目指す事務所がある。ビルは数十年前からこの場所にあったそうで、ずいぶん時代を感じさせる佇《たたず》まいだ。

古いコンクリートの冷たいにおい。やたらと響く、自分の足音。薄暗い蛍光灯に照らされながら異様に急な階段を上がった先に、「川畑洋行」という社名が書かれた扉がある。

「これさ、カワバタヒロユキって読むの？」

「かわばたようこう、だ」

「洋行」は貿易商社の名前によく使われる言葉——と、俺は彩葉に説明する。川畑洋行は個人経営の小さな会社で、国内ではなかなか流通しない珍しい商品の輸入代行・卸売を生業《なりわい》としている。

「そうなんだ。人の名前だと思ってた」

「どっかの薬屋じゃねえからな」

社名が人名だと勘違いされがちだが、代表である川畑の下の名前は俺も知らない。むしろ、川畑という姓が本名なのかも怪しいくらいだ。

つまり、「川畑洋行」とはそういう会社だ。

「川畑洋行」は表向きの輸入代行業とは別に、大きな声では言えない輸入品の取り扱いもしている。取り扱い品の多くは、所謂「裏社会」に流れていくようなものだ。銃器、弾薬、爆発物——。薬物は取り扱わないのがポリシーらしい。

扉の先にある事務所は、何年経《た》っても驚くほど何も変わらない。室内に入るとお香のような独特の香りがふわりと漂ってきて、どこか異国の空気を感じる。地味で雑然としたオフィスは、俺がここに来るようになった十五年前のまま時間が止まってしまったかのようだ。変わったところと言えば、得体のしれない置物がいくつか増えたのと、書類を置く棚の位置が少しズレたことくらいだ。間違い探しならかなりの難問だろう。

「誰もいねえな」

「ねえ、呼ばれたんじゃなかったの？」

なるべく早く来いと電話してきたわりに、事務所内には人の気配がない。静かすぎて空気が動く音が聞こえそうなくらいだ。おかしいな、と呟きつつ、応接スペースに立ててある衝立《ついたて》に手をかけた瞬間だった。つま先立ちになって衝立の上に顔を出した俺の目の前に、底なし沼のような深い穴が待ち受けていた。

——銃口。

衝立越しに突如現れた拳銃が、俺の額にこつんと当たった。不意を突かれた俺は、自分でもどこから出しているのかわからない、ふわあ、という情けない悲鳴を上げながら、思い切り尻餅をついた。袋から鍋が転がり出て、がらんがらんと盛大な音を立てる。俺は手をつくこともできずにそのまま後ろにひっくり返り、気がつくと天井を見上げていた。

「なんだ、キダか」

「なんだ、じゃないですよ」

俺は仰向《あおむ》けのまま、かけられた言葉に答える。倒れた俺を覗き込んでいたのは、氷室《ひむろ》という男だ。中肉中背の体型に着古したスーツという、どこにでもいる中年サラリーマンといった風体だが、拳銃などという物騒な代物を持っているのを見ればわかる通り、一般人ではもちろんない。掃除屋、始末屋、葬儀屋などといろいろな呼ばれ方をしているが、一番わかりやすいのは「殺し屋」だろう。依頼を請けて人を殺すという、実にシンプルな仕事を担当している。

氷室は仕事柄、気配を消すのはお手の物のようだ。俺がこの事務所に初めて来た時も、まったく気づかないうちに背後から銃を突きつけられていた。こんな人に命を狙われたらたまったものではないと心底思う。

「電話してから来るまでが早すぎないか」

「ちょうど、駅前で買い物してたんですよ」

「そうか。てっきり誰か別の人間かと思ってな」

にこりともせずに氷室は銃を下ろし、慣れた動作で撃鉄《ハンマー》を戻す。スーツの内側に隠しているホルスターに銃を収めると、寝ている俺に向かって手を差し出した。握った手は、思った以上に厚みがあってごつごつとしている。引っ張り起こされた俺を、彩葉が白い目で見ていた。一瞬にして失った大人の威厳を少しでも取り戻そうと、何度かわざとらしく咳払《せきばら》いをする。

「川畑さんは」

氷室は口を動かさず、わずかな首の動きで俺の問いに答えた。氷室の示した方向に目を遣ると、いつの間にか姿を現した川畑が、定位置の革椅子に座ったまま、こっちにこい、と言うように手招きしていた。

むすりとした顔の彩葉を氷室に預け、俺は川畑の前の席に着く。ややふっくらとしていて人のよさそうな顔の川畑は、書類の山に囲まれたデスクで茶を啜りながら、老眼鏡越しに俺を見る。初めて会った十五年前に比べると頭に白い毛が増えた気がするが、それでもまだまだ老人という感じはしなかった。

「相変わらずビビリだねえ、キダちゃんは」

「いや、あれは」

「いいことだと思うけどさ」

「いいことなんですかね」

「恐怖ってのは、生存本能の裏返しだからね。自分の命を大切にするのはいいことだ」

俺のビビリは昔からの性格だが、果たして生きたいと思っているのかどうか、自分ではわからなかった。生きることに執着があるなら、もう少しまともな人生を選んでいたのではないかと思うのだが。

「で、まずは仕事の話なんだけど」

「はあ、そうでしょうね」

川畑は書類の山からいくつか大きな茶封筒を引っ張り出し、俺に向かって差し出した。中には、仕事に関する資料が入れられている。

「交渉、ですか」

「そりゃそうだ。キダちゃんは交渉屋だからね」


俺は、川畑に「交渉屋」と呼ばれている。


例えば、Aという人間がBという人間に対して無理な要求をしたいという時、Bに「お願いしますよ」と交渉に行くのが交渉屋の仕事だ。無理な要求なのだから、Bは当然、簡単に了承などしない。そこを上手《うま》いことまとめるのが交渉屋の役目だが、もちろんそんなに平和な話ではない。非合法な手段を用いることは日常茶飯事、時には脅迫や殺人も視野に入れなくてはならない。幸いなことに、俺はまだ殺人には手を染めずに済んでいるが。

「どう、引き受けてくれる?」

「ああ、まあ、やりますよ」

川畑から受け取った資料に目を通しながら、俺はいつものように二つ返事で仕事を請ける。取り扱う商品の関係もあって、川畑は裏社会との繋《つな》がりが深い。いつからか、川畑は輸入代行業から業務拡大をして非合法な仕事の仲介もするようになったようだ。いうなれば、裏の人材派遣サービスといったところだろうか。川畑は仕事を仲介するエージェントで、俺は川畑から業務委託される個人事業主《フリーランス》、といった関係だ。

「キダちゃんがやってくれるなら安心だね」

「いやまあ、一応頑張りますけどね」

「じゃあ、報酬なんだけど――」

はあ、と、俺は生返事をする。

非合法な仕事だけあって、一件の「交渉」で得られる報酬はかなり高額だ。だが、俺はその金を少々持て余し気味だった。生活に必要なだけの収入は充分に得られているし、それ以上の金はどうすればいいのかわからない。逆に、川畑は何に金を使っているのか聞きたいくらいだ。

「ねえキダちゃん」

「あ、はい」

「相変わらず、金には興味ないのかな」

「いや、そんなことはないですけど」

「でも、あんまり贅沢をしているようには見えないよね」

川畑の目が、俺の足元や手首をさらりと見る。

「分相応の生活はしてますよ」

「清貧であるというのはキダちゃんのいいところだけど、悪いところでもある」

「悪い？」

「この世界の人間ってのは、ほとんどが嘘つきだからね。自分が嘘をついているから、他人の言うことも信じられないって人間が多いんだ」

「はあ」

「じゃあ、どうやって相手を信用するかと言ったら、金だよ。人間には欲がある。欲深い人間には、金を与えておけば安心なんだ」

「そう、ですね」

「でも、キダちゃんみたいに金に興味がない人間を見ると、みんな疑心暗鬼に陥るわけだよ。何を考えてるかわからないからね」

「特に難しいことは考えてないんですがね」

キダちゃんは正直者だってのは知ってるさ、と、川畑が笑った。

「でも、正直者ってのは希少だ。人間なんてのは、生まれ落ちたその瞬間から嘘をつくことを覚えるんだ。赤ん坊だって、嘘泣きをして親の反応を見るくらいだからね。嘘つきの方が多いし、わかりやすい。だから、キダちゃんみたいな人間は不気味だし、怖いんだよ」

不気味、とオウム返しをしながら、俺も笑う。

「あんまりよくないですね、それは」

「金は、あるなら適度に使った方がいい」

川畑はそう言いながら、今度は小さな茶封筒を取り出し、デスクの上に置いた。受け取って中を見ると、結構な額の現金が入っていた。

「これは？」

「特別ボーナスさ。たまにはいいもんでも食べなさい」

いいもの、か、と、俺は思わず苦笑いをする。「ミルキー・ミルキー」のナポリタンは大盛りでも六百五十円だ。もう少しちゃんとした値段のものを食べないと、貰《もら》った金を使い切るのにずいぶん時間がかかってしまいそうだった。

「そうですね。たまには」

「もしくは、いい女にプレゼントを買ってあげるとかね」

少し離れた応接スペースにちょこんと腰掛けている彩葉を横目に川畑が囁《ささや》き、へらへらと笑った。勘のいい彩葉が視線に気づいて、艶のいいおかっぱ頭を揺らしながらこちらを見る。眉の下で切りそろえられた前髪の下から覗く目は、思いのほか鋭い。川畑は慌てて顔を逸《そ》らし、また同じ顔で笑った。

「冗談にもほどがありますよ」

「どうだい？　相棒との同居生活は」

「どうだ、と言われましてもね」


——パパとママが殺された。


小さなリュック一つを背負った彩葉が事務所にやってきたのは、三日前のことだった。なんの前触れもなく現れた少女は、両親が何者かに命を奪われ、自身も殺されそうになったところを逃げて来た、と川畑に語ったらしい。子供である彩葉の口から全容を聞き出すことはできなかったが、どうも彩葉の父親はなんらかのトラブルを抱えていて、母親も巻き込まれたようだ。

彩葉は「川畑を訪ねろ」と、父親から事務所の場所を教えられた、と話した。無論、この事務所の存在を知る人間はそう多くない。川畑は父親の名を尋ねたが、彩葉は口を噤《つぐ》んだ。喋《しやべ》ったら助けてもらえないから言うな、と言いつけられてきたのだという。

普通なら警察に任せてしまえばいいことだが、さすがに裏稼業の元締めのような川畑が自ら警察に出向いていろいろ話すわけにもいかない。かといって、事務所の場所を知っている彩葉を無下に放り出すこともできず、川畑は最低でも彩葉の両親を突き止めるまでは、言う通りに匿《かくま》ってやらねばならなくなった。事務所に呼び出されて事情を聞いた俺は、なかなかうまい「交渉」だな、と、他人事《ひとごと》のように感心した。

だが、他人事のように聞いていられたのは、そこまでだった。彩葉の預け先として白羽の矢が立ったのは、何故《なぜ》か俺だったのだ。

川畑は事務所に出入りする人間に彩葉を預けようと試みたようだが、彩葉は「怖い」と言って嫌がったらしい。何名かの候補が断られた後、俺の番が回ってきた。川畑は、彩葉が図体のデカい俺を見てまた怖がるのではないかと思っていたようだが、意外にも彩葉はさほど拒否反応を示さず、「このオジサンの家がいい」と言い出した。川畑がここぞとばかりに「あのオジサンは優しいからね」「それに結構お金持ち」などと俺を持ち上げ、強引に話を決めてしまったのだった。

俺は仕方なく引き受けることにしたが、正直に言うと、川畑の情報網をもってすれば彩葉の両親など簡単に見つかるだろうと高をくくっていた。だが、三日経った今でも、手掛かりの取っ掛かりすら見つかっていないようだ。さっきの金一封はそういう意味での「特別ボーナス」だろう。どうやら、長期化を覚悟せねばならない。

「キダちゃんはずっと独り暮らしだろう? たまには家で人と喋るのも悪くないんじゃ

ないの」

「まあ。ただ、ずっと預かってるわけにはいかないですしね。学校もあるでしょうし」

「いざという時は、キダちゃんが引き取ってくれたらいいじゃない」

「いや無理ですよそんなの」

「誰かもわからない親を探すくらいなら、あの子をキダちゃんの娘に偽装する方が簡単なんだけどねえ」

無茶を言うな、と思いつつ、ちらりと彩葉を見る。

暇を持て余しているのか、あまり座り心地のよくない革のソファに背中を預け、彩葉は指先で自分の髪の毛をいじっていた。艶やかなおかっぱ頭が、それ自体が意志を持った生き物であるかのようにゆらゆらと揺れている。

「じゃあ、本題に入ろうか」

「本題？」

川畑はまた茶を啜ると、デスクの上に資料を広げ、改めて俺を見た。顔には笑みを浮かべたままだが、明らかに背負っている空気が変わる。俺は思わず、身構えるように背筋を伸ばした。

「先月回した、ＴＸＥがらみの仕事があったよね。借金をチャラにする交渉のやつだ」

「ええと、はい」

川畑の言う「ＴＸＥ」とは、不動産業者に偽装した暴力団組織のようなところだ。ここ最近、駅周辺の繁華街を中心によくトラブルを起こしているらしく、川畑のところにもいろいろ依頼が来ているようだ。そのうち、一件の「交渉」を俺が請けた。

「何か、まずかったでしょうか」

「そりゃまずいもなにも」

川畑は老眼鏡をずらし、しかめ面で手元の資料を睨みつけた。ただ目が見えにくいだけなのか、怒っているのか、どちらかわからない。

「はあ」

「はあ、じゃないよ。社長を土下座させて、一億ふんだくったっていうじゃないか。依頼には金を取れなんていう条件はなかったはずだよ」

「そうですね」

そんなこともありましたね、と、俺は笑って誤魔化そうとしたが、当然、川畑の表情は緩まない。笑うのをやめて、すみません、と頭を下げる。

「金はどうしたんだい」

「まあ、その、借金をチャラにしただけじゃ、依頼者の状況が変わるわけでもないと思ったので」

「全部くれてやったのかい？」

ええまあ、と俺が答えると、川畑は両手でこめかみを押さえ、派手にため息をついた。

やっぱりまずかったですよね、と、俺は川畑の表情を窺《うかが》う。

「借金の棒引きくらいならまだしも、ああいった輩が一億も奪われて黙っているとは到底思えないねえ」

「女には、街を出るように言いました」

「人の心配じゃなくて、自分のことだよ」

「もちろん、覚悟も用心もしてます」

「キダちゃんは人助けをしたつもりかもしれないけどね、これは野生のクマからエサのウサギを取り上げたようなもんだよ。あまり褒められたことじゃないし、舐めていると痛い目を見る」

気をつけます、と、俺はまた頭を下げる。口調は穏やかだが、川畑の目の奥には、背筋が寒くなるような冷たい光が見え隠れしている。

「ウチの稼ぎ頭なんだし、気をつけてくれないと困るんだよねえ」

川畑は席を立つと、俺の前にゆっくりとやってきて、顔を覗き込むように見た。鼻がぶつかりそうな距離まで顔が近づく。生暖かい呼気は、独特な茶の香りがした。両目はがっちりと視線を合わせたまま、俺が軽く目を動かそうとしても、粘っこく絡みついて離れない。

「いいかい、キダちゃん」

低くくぐもった囁き声。少しかすれているにもかかわらず、俺の耳には妙にはっきりと聞こえてきた。

「はい」

「勝手なことを、しないように」

「すみません」

「危ない橋ってのはね、自分のために渡るもんだよ」

俺が何度か頷くと、川畑は笑いながら俺の肩を軽く叩いた。そういえば、ここに初めて来た時も川畑にこうして肩を叩かれたな、と、忘れかけていた昔の出来事を思い出した。まるで焼けた鉄の棒で打たれたような芯にくる重みが、俺の肩にはっきりと残っている。

4

夏の盛りを過ぎ、季節はもう秋になろうとしている。日中の日差しはまだ強いこともあるが、夕方になると吹き抜けていく風が冷たく感じるようになってきた。川畑との話はきっちり三十分以内で終わり、俺と彩葉は歩いて帰ることになった。俺がいつも駅前から歩いて帰るのは、途中に何ヶ所か、遮蔽物《しゃへいぶつ》のない開けた場所があるからだ。もし、誰か後ろをつけてくるような人間がいれば、すぐに気づくことができる。彩葉には悪いが、長い散歩だと思って付き合ってもらうことにした。

駅前から少し離れると、市街地はここまで、という境界線のような川が見えてくる。橋を渡って土手道に下り、川沿いをしばらく歩く。農業用の貯水池脇の細い道に入ると、周りは長閑《のどか》な田園風景に変わっていく。道脇の草むらからは、秋の虫が鳴く声が聞こえていた。

貯水池脇の道をちんたら歩いて抜けると、やたら真っすぐな二車線の車道に出る。ターミナル駅を中心とする都心部と、市内を一望できる小高い丘の上に作られた別荘地とを結ぶ、県道四十六号線。市中心部付近では混雑する幹線道路だが、この辺りまで来ると車線も減り、道幅も狭くなる。いつも閑散としていて、車が通っていく姿を見ることは滅多にない。

俺は県道四十六号線を横切る横断歩道の前で足を止める。歩行者用の信号は「とまれ」だ。信号は押ボタン式で、ボタンを押すまでは変わらないようになっている。微妙な距離を取りながらしぶしぶといった様子で歩いていた彩葉が、俺のすぐ横に並んで立ち止まった。俺が、ボタンを押せ、とジェスチャーで示すと、彩葉は何度か、右、左と車道を見回し、目深に被った帽子のつばを少しあげながら、ねえ、と、久しぶりに声を出した。

「渡っちゃえばよくない？」

「赤だろ、信号が」

「そうだけど、別にいいじゃん」

「よくない。押ボタンの立場がなくなるだろ」

「なにそれ。ボタンに立場なんかないから」

「ここにある以上は、立場ってもんがあるんだよ」

「だって、車なんか来ないじゃん。事故なんて起こりっこないし」

俺は食材でふくれた袋を持ったままの手で、彩葉の肩を軽く小突いた。彩葉が促されるまま、横を向く。

歩道沿いに作られたガードレールの下には、ひっそりと花が手向《たむ》けられている。その脇に、メンソールの煙草が一箱と、コーラの缶。雨風に晒《さら》されて花は萎《しお》れてしまっているが、それらが何を意味しているのか、彩葉にもわかったようだった。

「こんなところで？」

「そんなのありえない、と思ったことってのは、だいたいどこかで起きているもんだ」

「運が超悪いとしか思えないんだけど」

「例えば、だ。真冬の夜、寒くてパーカーのフードを被って青信号の横断歩道を渡っているところに、誰もいないからと猛スピードを出した車が突っ込んでくる、とかだったらどうだ」

彩葉は少し目を丸くした後、ちらりと道端の花を見た。

「そういうことなら、まあ、ありえるかも」

「だろ。みんながルールをちゃんと守らねえと悲劇が起きるんだよ。人でも車でも、赤はとまれ、だ」

彩葉が押ボタンを押すと、車道にせり出した信号が、すぐに青から黄色、そして赤へと変わった。わざとらしく左右を確認して、右手を上げた彩葉が大股で横断歩道を渡っていく。車の気配はない。俺も、大股で彩葉の後に続いた。

県道四十六号線を渡り切り、側道に入って少し歩くと、両脇を木々に挟まれた並木道に入る。俺は昔から〝林道〟と呼んでいるが、森林の中の道というわけではなく、大きな公園の敷地の一部だ。元々は道などなかったのだが、公園と隣接する宅地が造成されてから数十年、住民たちが駅からの近道として木々の間を歩くようになった結果、県道から公園内に至る獣道《けものみち》のような道が出来上がってしまった。近いうちに、舗装してちゃんとした遊歩道にする計画があるそうだ。お役所も、ここまで人の通行があるなら整備しなければならない、と思ったのかもしれないが、これでまた俺の知る風景が一つ変わってしまうことになる。

俺の住む田舎街は、まったく変わらないように見えて、毎日変化が起きている。公園の獣道が整備されるくらいなら小さなものだが、駅前の再開発は俺の知る風景を大きく変化させることになるだろう。計画は現市長が強力に推し進めていて、そこから次々と変化の波が起きている。

そのとばっちりをくらったのが、俺の行きつけの「ミルキー・ミルキー」だった。駅前の発展を当て込んだ地所会社が国道沿いに住宅地を建設することになり、交通量の増加を見込んだ市が、新しい住宅地から駅までの区間、国道を拡張することに決めたのだ。「ミルキー・ミルキー」は、まさにその拡張区間のど真ん中にある。

当然、区間内の店舗や住宅は移転しなければならないのだが、ただでさえ全国チェーンのライバルに押されて経営が悪化しているのに、国道のロードサイドという一等地を追い出されてしまっては万事休すで、同じくらい条件のいい移転先を探すのは難しかったようだ。結局、支払われる補償金だけでは新店舗の経営が難しいと判断したオーナーは閉店を決めた。店の前に貼り出されていた「閉店のお知らせ」には、閉店を決めた事情と感謝の言葉が綴《つづ》られていた。

世界は常に変化している。一日見ているだけでは、その微妙な変化には気づかないが、五年、十年という単位で見ると、かなり大きな変化が起きていることに気づく。同じところをぐるぐると回っているように見える俺の人生も、実は円を描いているのではなく、死に向かって螺旋《らせん》階段を下りているのだ。若い頃は世界の変化など気にしたこともなかったが、俺も少し、そういったことに気がつく年齢になってきたのかもしれない。

「モミジだ」

彩葉の声で、俺は我に返った。彩葉が木から葉っぱを一枚摘み取って、指先で捻じるようにくるくると回しながら俺の鼻先につきつける。モミジ、と言われてようやく、俺は道の両脇の木がモミジであることに気がついた。もう何十年も通っている道のはずなのに、木の種類など一度も考えたことがなかった。

「そうだな」

「紅葉《こうよう》したらさ、絶対きれいだよね、ここ」

「まあ、な」

「もうすぐかな？」

「たぶんな」

紅葉と言われても、俺の頭にはいまいち紅葉時期の風景が浮かんでこない。木の種類にも四季の変化にも興味を持たずに生きてきた俺は、頷きながら生返事をしてなんとか誤魔化すことしかできなかった。

「彩葉の名前はね、モミジから来てるんだってさ」

「そうなのか」

よく見る一般的なモミジは、イロハモミジという種類なのだという。なるほどそれでイロハか、と、俺は素直に納得した。

「ママがね、彩葉が生まれた時にさ、手が小《ち》っちゃくてモミジみたい、って思ったんだって」

「今でも同じようなサイズだろ」

「さすがに、もうそんな小さくないから」

彩葉が小さな手のひらにモミジの葉を載せて、ほら、と俺に見せる。

「まあでも、いい名前だと思うぜ」

「でしょ。気に入ってんの。だから、ちゃんと彩葉って呼んでよね」

オジサンはすぐに、お前、って言う、と、彩葉が口を尖らせた。

「今度からそうする」

「彩葉も、オジサンって呼ぶのやめるからさ」


——ね、キダちゃん。

予想外の名前を呼ばれて驚いた俺は、返事をしようとして変に喉を締めてしまい、ぐぐう、という交尾中のカエルのような音を口から出すことになった。彩葉は動揺する俺を見て、眉をひそめながら少し腰を引く。

俺は両手の袋を一旦片手で持つと、尻ポケットからカードケースを出して、彩葉の前に突き出した。透明なビニールが貼られたケースには俺の免許証が入れられていて、とぼけた顔の写真と名前が一目で確認できるようになっている。

「俺の名前はキダじゃない」

「……サワダ、マコト？」

澤田《さわだ》マコト。

それが、今の俺の名前だ。

「そうだ」

「でもさ、みんなキダって呼んでるじゃん」

「昔はキダって名前だったんだ」

「名前が変わるなんてことある？」

「彩葉だって、いつか結婚すれば変わるかもしれないだろ」

「結婚したわけ？」

「してない」

「じゃあ、おかしいじゃん」

「見ての通り、マトモな仕事はしてないからな。名前を変えなきゃいけなくなることもあるんだ」

なにやらかしたの、と彩葉が頬を引きつらせる。俺は、ちょっといろいろ無茶を、とお茶を濁した。

「なんでマコトなの？」

「友達の名前を拝借したんだ」

「え、その友達、名前なくなって困っちゃうじゃん」

「大丈夫だ。今、新婚旅行中だからな。当分帰ってこない」

彩葉は、新婚旅行で地球何周してんの、と、軽く鼻で笑った。だが、有難いことにそれ以上、名前の元の持ち主については詮索してこなかった。

「でもさ、なんかマコトって感じがしないもん」

「俺か？」

「うん。全然似合ってない」

「名前が似合ってないとかあるか？」

「ある」

「断言したな」

「キダちゃん、の方が、キダちゃんぽいよ」

「ちゃんづけするんじゃねえよ」

いいじゃん、減るもんじゃなし、と、彩葉がまたどこで覚えて来たのかという言葉を返してくる。

「キダちゃん、でいいでしょ」

「人がいるところではだめだ」

「いないところでは？」

「なんでそんなことにこだわるんだ、お前は——」

彩葉が、目を細めてじっとりと俺を見る。俺が「彩葉は」と言い直すと、よしよしそれでいいよキダちゃん、とでも言うように、大きく頷いた。俺は、やれやれ、とため息をつく。

5

玄関を入ってすぐのキッチンに彩葉が籠ってから、もう二時間が経つ。リビングとキッチンの間にあるドアはいつもなら開けっ放しにしてあるのだが、今は固く閉ざされている。曇りガラス越しに、彩葉が何やらくるくると動いているのが見えた。ドアを開けたところで鶴になって飛んでいくことはないだろうが、俺は「絶対に開けるな」という彩葉の言いつけを律儀に守っている。

時間はいくらでもあるし、火事にならなければ思う存分料理してくれてかまわないと思っていたのだが、昼食からずいぶん時間が経って、さすがに腹が減りだした。自分のことながら驚いたのは、「腹が減った」と思ったのが久しぶりだということだ。いつもなら、時間通りに昼だ夜だと飯を食ってしまう。一人で暮らしている間、胃が音を鳴らすまで空腹を我慢したことなどなかったのだ。

なるほど、俺にも食欲はあったのか、と、自分で自分の腹を撫でる。

キッチンから、何やらガタガタと音がする。おそらく、ホームセンターで買ってきた子供用のエプロンをつけた彩葉が、ホームセンターで買ってきた踏み台に乗り、ホームセンターで買ってきた真新しい調理器具を使って懸命に夕食を作っているのだろう。「ミルキー・ミルキー」のオムライスを旨いという味覚は些《いささ》か心配だが、何が出てきても食べよう、と俺は覚悟を決める。

「お腹空《す》いた？」

俺がぼんやりと天井を見上げていると、いつの間にか閉ざされていたドアがうっすらと開いて、彩葉が顔を覗かせていた。

「今まさに餓死するところだった」

「盛りすぎ」

「できたのか？」

「できたよ。持って行っていい？」

俺は、もちろん、と頷きながら、リビングの真ん中に置かれた小さなテーブルの上を片づける。普段、外食や弁当で済ませている俺の家に、ダイニングスペースなどという気の利いた場所はない。

彩葉は、これだけは何故か家にあった木のお盆に皿を載せ、おぼつかない足取りでリビングにやってきた。食卓と呼ぶには貧相なテーブルに、湯気の立つ料理が置かれる。

「シチューか？」

「そう。かわいいでしょ？」

皿には、ほのかに湯気を立てるクリームシチューが盛られていた。ニンジンなどは、わざわざ星やハートの形に切られている。これは二時間かかるわけだ、と、納得する。

俺はテーブルの前のソファに腰掛けたまま、そして彩葉はフロアにクッションを置いて座り、それぞれスプーンを手にした。二人で、いただきます、と手を合わせる。俺は彩葉の粘っこい視線を浴びながら、最初の一掬《ひとすく》いを口に入れた。

「旨い」

「あたりまえ」

「どこで覚えたんだ？」

「ママに教わったり、ネットで見たり。ママと料理動画とか撮って公開してたからね」

料理動画と聞いて、俺は完全にぽかんとした。彩葉の説明によると、スマホで撮影した動画を自分で編集して、インターネット上に公開していたことがあるそうだ。俺だけどんどん時代に取り残されていくな、と、思わず苦笑する。

それにしても、クリームシチューなどという食べ物は、俺の世界にはもう存在しないはずのものだった。最後に食べたのはいつのことだろう。小学校の給食で出て以来かもしれない。何故か、俺の目の前には一家団欒《だんらん》のイメージが浮かぶ。優しい両親と、無邪気な子供。食卓の中心に置かれた鍋には、湯気をたてるシチュー。それを俺は、どういうわけか「懐かしい」と感じる。

俺の過去には、そんな光景などありはしなかったのに。


三日前までの彩葉は、家庭という世界の中にいたのだろうな、と俺は思った。それが絵に描いたように幸福なものであったかはさておき、少なくとも両親と子供という、ありふれた世界がそこにはあった。それは、彩葉が俺と同じくらいの歳になった時に、「故郷」だとか、そんな言葉で表されるものだったはずだ。なのに今は、どこの誰とも知らない男と一緒に飯を食っている。

「ねえ、彩葉さ、料理もお掃除も得意なんだよね」

「そうなのか」

「だから、キダちゃんのお嫁さんになってあげてもいいよ」

ほら、三食昼寝付きで、と、テーブルに両肘をついた彩葉が俺の顔を覗き込むようにして見る。俺はどう返事をしていいものかわからず、スプーンを持ったまま固まった。

「変なからかい方をするな」

「照れなくてもいいのに」

「照れてはいないけどな」

「なんかちょっと赤くなってない？」

かわいー、と、彩葉がころころ笑う。

「十五年早い」

「まあ、そっか。そうだよね」

俺は大きく息を吸って、ゆっくりと鼻から吐き出した。

「一つ、約束はする」

「出た。約束。なに？」

「三食昼寝付き生活じゃないぞ」

「あ、うん。わかってるよ、そんなの」

「ただ、簡単に見捨てるようなことはしないから、安心しろ」

彩葉が、少しきょとんとした顔をしたが、やがて表情を崩し、照れくさそうに笑った。

料理ができます。

掃除ができます。

それは、十一歳の子供が俺に向かって仕掛けた、必死の「交渉」であるように思えた。

彩葉は、自分の立場をよくわかっているのかもしれない。俺がもし彩葉を家から追い出したなら、彩葉は行くあてを失《な》くすのだ。

「約束?」

「約束だ」

「嘘ついたら?」

「嘘はつかない」

彩葉が、また小指を立てる。俺は少し戸惑いながらも手を伸ばし、小指同士を軽く絡ませた。テレビもオーディオもない俺の部屋は、しんと静まり返っている。無言のまま俺と彩葉の手は何度か上下し、やがてほろりと解《ほど》けた。これで、約束は成立だ。俺はまた一口、湯気を立てるシチューを口に運んだ。とろりとしたスープを、確かめるように味わう。

交渉屋 (2)

井戸が煙草を咥える。樋口は間髪をいれずにライターを取り出して火を点けた。井戸は、まるでキャバ嬢だな、などと鼻で笑うが、ライターを出すタイミングが少しでも遅れようものならすぐに手が飛んでくるのだ。一緒にいる間は片時も気が抜けない。

井戸が煙を吐き出すのと同時に、注文していた料理がワゴンに載ってやってきた。店は昔からこの辺りで見かけるファミレスだが、樋口が入店したのは初めてだった。ヤクザ者の言う「ファミリー」と、ファミリーレストランの「ファミリー」は、おそらく違うものだろう。樋口には縁がない。

午後二時、ランチタイムからは外れたとはいえ、それなりに広い店内に客の影はなかった。料理を運んできたのも、店長のようだ。ホールのアルバイトを雇う余裕すらないのかもしれない。ステーキの鉄板が響かせるじゅうじゅうという音が、何故か虚《むな》しく聞こえてならなかった。

「ご注文の品はおそろいでございましょうか」

「辛気臭い」を絵に描いたような店長が自ら料理をテーブルに並べ、か細い声で決まり文句を言う。井戸は天井に向かって煙を吐くばかりで、受け答えをしようという気はなさそうだった。樋口が、うるせえな、あるだろうが、と荒っぽく答える。こういう時、スキンヘッドのヤクザ者がどう答えるのが自然なのか、判断に苦しむ。

「あ、あの、お客様」

「なんだよ、てめえ、まだなんかあんのか」

「あの、その、申し訳ございませんが、当店は全面禁煙でございまして」

井戸がかけていたサングラスを少し下げ、店長に目を向けた。樋口は、何を言ってくれるのかと、店長の薄い頭を張り飛ばしそうになる。下手なことを言って井戸の気分を害せば、店長を殴り倒すくらいのことはやりかねないのだ。キレた井戸が思うさま暴れた後、ケツを拭くのに苦労するのは樋口である。

「だからなんだよ」

井戸が、薄笑いを浮かべながら、店長に向き直る。

「その、店内での喫煙はご遠慮いただければ、と」

「オッサンなあ、そもそもなんのために禁煙にしてんだよ、おい」

「それは、煙草をお吸いにならないお客様にご迷惑がかからないよう――」

「その、ご迷惑がかかるお客さんてのはどこにいんだよ」

井戸は、がらんとした店内に目を遣ると、鼻で笑いながら店長の男に煙を吹きかけた。残念だが、井戸と樋口以外、店内に客の姿はない。

「ですが、法律で決まっておりまして」

「だから、誰のためのもんなんだよ、それは」

「いや、あの」

「いもしねえ嫌煙バカに気を遣う前に、こんな誰も来ねえシケた店で食事してやろうっていう客を大事にしたらどうなんだ？　なあ、わかるか？　わかんねえか？」

なあ、と、井戸が少し声色を変えた。井戸はいつも、色の濃いサングラスに、びしっと整えられたオールバックというスタイルだ。声のトーンを少し落としただけでも充分に迫力が出る。飲食店では禁煙、という「決まりごと」が男の強気の拠《よ》り所《どころ》だったのだろうが、生憎《あいにく》、そんなものは井戸にとってはなんのブレーキにもならない。常識や法律を盾にしても無駄だ。

「ったく、飯がマズくなるだろってなあ」

「まったくですね」

「まあ、食えよ。冷めちまったら余計マズいだろ」

「頂きます」

樋口の前に置かれたのは、鉄板に載ったペラペラのステーキだ。その鉄板の向こう側には、井戸が頼んだオムライスの皿が見えた。ひいき目に見ても旨そうとは言い難い安っぽさで、実際に値段も樋口のステーキの四分の一ほどだ。

若い衆が自分よりも高い飯を食うことに怒り出す人間も多いが、井戸はむしろ、気を遣って安いメニューを頼む人間を見ると怒る。上に媚《こ》びへつらって、自分が食いたいと思うものも食わないようなやつは信用できない、という論理らしい。

「課長がファミレスで飯を食うとは思いませんでした」

薄いくせに固い肉を嚙《か》みながら、樋口は素朴な疑問を投げかけた。井戸はようやく煙草を吸い終えると、吸い殻を床に放り捨てて踏み消し、スプーンを手に取った。

「そりゃな、滅多に来ねえよ、こんなとこ。年に一回とか二回とか、そんなもんだな」

「そうですか」

「夢がねえだろ？　わざわざ世間様に盾突いてこんな商売やってんのによ。一食五百円もしねえ飯しか食えないんじゃ、割に合わねえからな」

「でも、それでもたまにいらっしゃるんですよね」

井戸は安っぽいオムライスを口に入れながら、いらっしゃるんですよ、と、樋口の口調を真似《まね》てけらけらと笑った。

「俺の親父《おやじ》は半端なヤクザもんだった」

「課長の親父さん、ですか」

「まだ親父が今の俺より若かった頃、組にヒットマンをやらされることになってな。抗争相手の組長ハジいて、ムショ行って帰ってくれば幹部にしてやる、って具合に」

「よく聞く話ですね。最近はあまりないですが」

「その、組長狙う前日に連れてこられたのがここよ。まだ俺は五歳かそこらのガキでな。ここは滅多に来られねえ高級店だって思いこまされてた。その時に食ったのがこれだ」

井戸がスプーンを振って、オムライスの皿を、ちん、と鳴らした。

「親父さんとの思い出の味、ってことですか」

「馬鹿言うんじゃねえよ。こんなもんが思い出なわけねえだろうが。そうじゃねえ。これはな、警告なんだよ」

「警告？」

「親父は組長ハジくまではよかったが、結局そこから相手方に追いまくられて捕まった。体に二十発以上弾をぶち込まれて、ボロ雑巾みたいになって死んだらしい。まったく、どん臭《くせ》えったらねえだろ？ ヤクザだなんだと気取っておいて、自分のガキには五百円の飯も食わしてやれず、挙句の果てには使い捨てさ。残った俺とお袋は、地べたを這《は》い回って泥水を啜りながら生きるしかなかった」

「そいつはその、なんと言ったらいいか」

「俺がここに来るのはな、クソ親父みたいになるんじゃねえ、って自分に警告するためなんだよ。死ぬ前日に、こんなどうしようもねえ飯しか食えねえ人生はご免だってな」

　樋口に向かって、井戸がスプーンを差し出す。樋口は、井戸の前の皿からオレンジ色のライスを少し掬い、口に放り込んでみた。飯を食った時は、旨い、と言えるのが一番楽だが、口の中に入れたものは箸にも棒にもかからない味だった。食えないわけではないが、冷凍食品でももっとマシな味がするものがあるだろう。樋口のステーキも旨いものではないが、それ以上にチープな味がする。もはや、安い、という以外の存在価値が見当たらないほどだ。

「旨いもんじゃないですね」

「マズいって言えよ。間違いなくマズいからな」

「それを食って自分を戒めようというわけですか」

「そういうことだ。最近、いろいろやらかしたからな。もうちょい下手を打てば、クソ親父みたいになるところだったぜ」

　先日、交渉屋にバラされた女の件は、当然の如《ごと》く社内でかなりの問題になった。上の連中は井戸を「解雇」という名の破門にすると息巻いたが、社長は厳重注意で終わらせた。少なくない数の人間が井戸を擁護したことも影響しただろう。擁護に回ったのは、普段から井戸が金を稼がせてやっている連中だ。こういう時、金は嘘をつかない。

　実質的には不問になったとはいえ、今までのように社長や幹部の意向に逆らってカタギを食い物にする商売はできなくなった。上のやつらは、自分がパクられるのを恐れているのだ。最近は組員がカタギをちょっと脅しただけでも、組長や幹部が警察に引っ張られることになる。それは、組員を〝社員〟、組長を〝社長〟と呼ぶことにして誤魔化したくらいでは変わらないだろう。社員の無茶の責任は、社長が取らされることになる。

近頃は、どこの組でもそんな感じらしい。若い人間が入ってこない上に、法律や条例に締め上げられてシノギもままならない。金にならないからと足を洗ったところで、五年間は銀行で口座も作れず、賃貸契約もできないのだ。当然、まともな職業になど就けない。稼がなければ生活ができないのだから、結局、また食えないヤクザに戻るしかない。こうして、ずるずると深みにはまって抜け出せなくなっていく。いまどき、この世界で成り上がりの夢を見る人間はほとんどいなくなった。樋口もそうだ。他に行くあてがあれば、こんなことはしていない。

「一つ、興味本位でお聞きするのですが」

「おう、なんだよ気持ち悪《わり》ぃな」

「課長は、なんでまたこの業界に？」

量もさほどないオムライスを平らげた井戸は、再び煙草を咥える。樋口がナイフとフォークを慌てて置こうとすると、まあ食ってろよ、と言いながら、自分のライターで火を点けた。

「俺が普通の会社に入ってヘコヘコしてるところをよ、お前は想像できんのか？」

「いや、それはかなり無理があると思いますがね」

「当たり前だろ。俺はな、我慢ってのができねえんだよ。ムカつくやつがいたら殴る。バカがいたら金を毟る。いい女がいたらヤる。楽して金を稼いで、人より贅沢する」

「とはいえ、今はなかなか稼げない時代ですが」

「違うね。稼げなくなったんじゃなくて、稼げるやつが減っただけだ」

「減った？」

「トップオブヤクザを見てみろよ。いまだにとんでもねえ豪邸を建てて、下から何十億も吸い上げてふんぞり返ってるだろうが」

「まあ、デカい組の上ともなりゃそうですね」

「昔はな、腕っぷしだけしか能のねえようなバカでも、組の代紋をバックにすりゃそこそこ稼げたんだ。今は、稼げるやつが限定されてきてんだよ。頭がキレるやつはまだまだ稼いでる。俺はいずれ、そっちに行く」

「そっち、ですか」

「そうだ。世界ってのはな、持ってる金の額で区分けされてんだ。どんな手を使ってでも金を稼いでいりゃ、そのうち世界ってのは変わっていくんだよ。じゃなきゃ、人殺しの半端ヤクザの息子なんか、一生クソ底辺を這いずるしかねえだろうが。そうだろ？」

自己中心的で暴力的、そして良心の欠片《かけら》もないような井戸に、樋口は何故か心惹《ひ》かれる。井戸からすれば、樋口も「多少使える駒」というくらいにしか見えていないだろう。だが、すべては自分のためとはっきり割り切って孤高の道を進む姿は、自分の理想なのだと樋口は思った。見た目はいかついくせに、周囲の目を気にしたり、上手くバランスを取ろうとしたりする自分が、樋口は時折たまらなく嫌になる。

「ま、いつまでも組の看板隠してセコセコ商売しているようなところにいても未来がねえ、ってこった」

「課長は、もっとずっと上に行くと思ってますよ」

「そう思うなら、せいぜい俺のご機嫌を取っておけよ」

井戸が、ほらよ、と、樋口の前に中身を飲み干したガラスコップを突き出す。何がいいかを聞くと、メロソー、緑のやつ、という答えが返ってきた。スキンヘッドのヤクザ者が、ファミレスのドリンクバーでメロンソーダを注ぐ姿は周りからどう見えるだろう。他に客がいないのがせめてもの救いだ。

席を立つと、それまで見えなかったテーブル席も見渡すことができた。がらんとした中を、店長がまたワゴンを押して歩いている。いつの間に入ってきていたのか、男が一人、少し離れた席に座っているのが見えた。

「課長」

「なんだよ、早く行けよ」

「他に客がいます」

「いねえほうがおかしいんだぞ、本来」

「あいつですよ」

「あいつ？」

交渉屋、と、樋口は小声で囁いた。井戸の顔色が、わずかに変わる。がっしりとした体格に、顎のラインをなぞる無精ひげ。緊張感のない表情と、何を考えているのかよくわからない目。見間違えるはずもなかった。

「マジか」

「間違いないです」

そうか、と、井戸が樋口の示す方向に目を遣る。さっきまでの人懐っこい表情は消えていた。

「あいつはなあ、ムカつくよな」

ぞっとするような冷たい声で井戸はそう呟くと、席を立った。事務所に殴りこまれて以来、井戸が抱えていた数件のビジネスが消し飛んで、目も当てられないほどの損失が出た。その上、あの男は会社から大金をもぎ取っていったのだ。してやられたと、笑って済ませられる話ではない。

「課長、ここでは」

「挨拶するだけだっての。こんなとこで暴れたら捕まっちまうだろうが」

ムショ行きはご免だからな、と言いながら、井戸は交渉屋のいるボックス席にふらふらと近づく。樋口が後についていこうとすると、手で制された。仕方なく、ドリンクバーの前に立って井戸の様子を見守る。何かあればいつでも間に割って入れるように、心の準備をしなければならない。

井戸は、よう、奇遇だな、などと言いながら交渉屋の対面の席に座った。交渉屋は驚いたというよりは困惑した様子で、いきなり現れた井戸の顔をじっと見ているようだった。ただ、恐怖を感じているようには見えなかった。肝が据わってんな、と、樋口が逆に緊張する。

井戸は、何か小声で話をしている。ところどころ声は聞こえるが、何をしゃべっているかまではわからない。だが、笑顔とは裏腹に、井戸の手はタバスコの瓶を引っ摑み、交渉屋の前に置かれたナポリタン・スパゲティにどばどばと中身を振りかけている。あの様子ではもう、辛くて食えたものではなくなっているだろう。

タバスコで挑発しながら、井戸が一方的に捲《まく》し立てている。おおよそ、遠回しな表現で「あまり調子に乗るな」と脅しをかけているのだろう。たとえ遠回しであっても、井戸と正面から話していれば、単なる脅しではないことが伝わるはずだ。井戸は自由を奪われる刑務所暮らしを嫌がるが、かといって犯罪行為を慎もうという気はさらさらない。

交渉屋がこのまま盾突くのなら、あらゆる可能性を考えることになる。

たいていの人間は、井戸の脅しを受けると恐怖で縮み上がる。言葉の端々に込められた「本気」を感じ取るからだろう。過去、何度かそれでも舐めた態度を取る鈍感な人間を見ることはあったが、そういった人間は例外なく、偶然の事故に遭って重傷を負ったり、いつの間にか行方《ゆくえ》がわからなくなったりした。

それまでじっと井戸の言葉を聞いていた交渉屋が、ようやく何か一言返した。タバスコを振り続けていた井戸の手が、ぴたりと止まる。わずかな間があった後、井戸はおかしそうに笑いながら立ち上がり、名刺をテーブルに叩きつけた。離れ際、交渉屋の肩をぽんと一つ叩いて、邪魔したな、と言ったのがわかった。

「行くぞ」

井戸は樋口の元にやってくるなりそう告げると、すたすたと出口に向かった。樋口は注いだばかりの緑色のジュースをその場に置き、慌てて井戸の後を追う。井戸はレジ前に一万円札を放り捨てるように置くと、釣りを受け取ろうともせずにそのまま外へ出て行った。

「課長」

「なんだよ。いい天気だな、今日は」

「何か言っていたんですか、あの交渉屋」

井戸は樋口を見ると、にやっと笑みを浮かべた。もちろん、目はまったく笑っていない。これは怒ってるな、と、背筋が緊張する。

「失礼ですが、どちら様ですか、とよ」

「え」

「俺のことなんか覚えてねえってさ。傷つくよな」

「そんな舐めたこと言いやがったんですか、あの野郎」

「ところがな、舐めてねえんだ、あいつは」

「舐めてない？　それは、その、どういうことですか」

「ただ、単純に覚えてねえだけなんだよ。マジですみません、て顔しやがってさ」

余計に傷つくだろ、と笑った井戸の顔は、怒りに満ちていた。あの日、交渉屋の相手は社長だったのかもしれないが、それでも井戸の存在感は際立っていたはずだ。にもかかわらず、交渉屋が井戸を覚えていなかったというのは、まるで眼中になかったということに他ならない。井戸にとってみれば、あまりにも屈辱的だ。これほど井戸を怒らせたら、ただでは済まないだろう。いろいろ動かなければならなくなるのは樋口だ。ため息が出る。

振り返ると、ガラス越しに飄々とした交渉屋の顔が見えた。井戸があれだけタバスコをかけたにもかかわらず、交渉屋は何事もなかったかのようにオレンジ色のスパゲティをもさもさと貪《むさぼ》っている。なんなんだよあいつは、と、樋口は底知れない不気味さに震える。

「あいつ、どうしてやろうか。なあ」

うん、と、両腕を上げて伸びをしながら、井戸が物騒なことを言い出した。頼むから俺を巻き込まないでくれ、と、樋口は肩を落とす。

不法侵入とモノトーンの世界

1

事務所を出て階段を下りたところで、突如、よう、という声が耳に飛び込んできた。自分でも恥ずかしい限りだが、俺は予想していないことに直面するのが人一倍苦手だ。完全に気を抜いていたところに死角から声が飛んできて、俺は驚きのあまり、ふわあ、と情けない声を出し、気がつくと、腰を抜かして尻餅をついていた。

小刻みに呼吸をしながら呆然《ぼうぜん》とする俺を、真顔で見下ろしている男がいる。やや草臥《くたび》れたスーツに、どこにでもいそうな顔――。

「氷室さんじゃないですか」

「いつも思うが、疲れないのか、そういうのは」

「疲れるとか疲れないの問題じゃないんですよ」

氷室の手を借りて立ち上がる。階段の段差部分に強《したた》か尻を打ちつけたようで、ずきずきと痛んだ。いい加減、些細《ささい》なことで大げさに驚く癖は直したいのだが、これぱっかりは頭で考えたところでどうしようもない。

事務所のある雑居ビル前に佇んでいた氷室は、煙草を一本咥えると、慣れた様子で火を点けた。吸うか？　と言うように一本差し出されるが、俺は「やめたので」と首を横に振った。

「今日は、仕事か？」

「ええ、まあ。請けた仕事の報告に」

「例の相棒は」

相棒、という言葉で、俺の頭には彩葉の顔が浮かぶ。

「家にいますよ」

「あの娘《むすめ》は、家で何をしてるんだ？」

「暇だからスマホが欲しいってうるさいんで、買ってやったんですよ。それで一日中、動画を見たりゲームをしたり」

「大丈夫なのか？」

「大丈夫？」

「もし、川畑洋行《ウチ》の内情を探る目的だったら」

ああ、そういうことですか、と、俺は頷く。

「そういう可能性もあるかもしれないですけど、俺の家にいたところでなんの情報もないですからね」

「暢気《のんき》だな。いいのか」

「まあ、彩葉のことを調べるのは、俺の仕事じゃないですから」

そうか、と氷室は頷くと、珍しく目を泳がせながら咳払いをした。

「少し、時間はあるか」

「時間？　ええ、まあ」

「なら、散歩に付き合ってくれ」

えっ、と俺が言う間もなく、氷室は先に歩き出している。慌てて後に続くが、氷室が散歩に誘ってくるなどということは、今の今まで一度もないことだった。それどころか、こうして普通に会話をしたことすらあまり記憶にないくらいだ。よく事務所にいるので顔を合わせることはあるが、川畑に「氷室」という名前で呼ばれていて、なおかつベテランの殺し屋、ということ以外はほぼ何も知らない。

何事かと氷室の横に並んで歩くが、駅前の狭い繁華街から特に何もない裏道を歩き続けているだけで、目的がわからない。氷室は何か話をしようと時折俺に視線を向けたが、その度に口を閉ざしてまた前を向くだけだった。きっと、誘った手前、話をして間を持たせなければならないと思ったのだろうが、何を話していいかわからずに挫折しているのだろう。気持ちはわかる。立場が逆になったら、俺も同じようなことを考えるに違いない。

二十分ほど文字通りの「散歩」をすると、駅前の喧騒《けんそう》を抜けて住宅街に入る。やや古い一軒家が並ぶ街並みの向こうに、大きな団地が見えた。ちょうど小学校の下校時間と重なったのか、ランドセルを背負った小学生の集団と何度かすれ違う。だが、それ以外はあまり人の姿はない。しょぼくれた老犬を散歩させる中年女性を見かけたくらいだ。

あまり計画性というものが感じられないくねくねとした細い道を抜けていくと、急に氷室が進路を変えた。住宅街の外周に出てコンビニエンスストアに立ち寄り、缶コーヒを二本買って戻ってくる。何も言わずに、俺に向かって一本差し出した。俺は氷室の言う「散歩」の意味がわからないまま、冷たい缶コーヒーを受け取った。

「涼しくなってきたな」

「ああ、そういえば、いい風が吹いてますね」

コンビニの軒先に立って、氷室がまた煙草を咥えた。缶コーヒーのタブを引き起こして開け、一口飲む。俺もそれに倣って、貰った缶コーヒーを開栓した。普段はあまり飲まないが、コーヒーが嫌いというわけではない。ほんのりとした甘みとふわりと漂う香りが、妙に新鮮に感じた。

氷室は缶コーヒーを片手にぼんやりと煙草を吸いながら、道路を挟んで向こう側にある建物を見ていた。初めは老人ホームのように見えたが、庭には遊具が置かれている。さすがに、介護が必要な老人が遊具などでは遊ばないだろう。かといって、学校や幼稚園にも見えなかった。

「あれは、児童養護施設だ」

俺の視線に気づいたのか、氷室は俺が聞く前に答えをくれた。児童養護施設と聞いて、ようやく印象とぴったりきた。なるほどな、と、独特な空気を纏《まと》った建物に目を遣る。

「キダも両親がいないと聞いたが」

「ええ、まあ。俺がガキの頃に、二人とも事故で」

「施設暮らしだったのか」

「いや、俺は親戚に引き取られたので、ああいったところには入らなかったんですが」

「そうか」

氷室は、何か言おうか言うまいか迷っている。散歩という名分で話がしたかった内容は、おそらくあの児童養護施設に関係することなのだろう。川畑から「俺が小さい頃に両親を失った」という話を聞いて、施設出身だと勘違いしたのかもしれない。

「何か、あそこと繋がりがあるんですか」

「あると言えばある。ないと言えばない」

「微妙な言い方ですね」

氷室はまた、言おうか言うまいか、と口をぱくぱく動かし、やがて飲み終えたコーヒーの缶に煙草を突っ込んで消すと、ゆっくりと口を開いた。

「あそこには、キダのように、両親と死別した子供もいる」

「そうなんですか」

「そのうちの、二人だが」

「二人？」

「俺が孤児にした子供がいてな」

なるほど、と、俺は頷いた。どんな事情があったかは知らないが、氷室が仕事を請けた結果、親を失うことになった子供がいるのだろう。

「それは確かに、あると言えばある、ですね」

「七歳と五歳の兄弟で」

「会ったことが？」

「もちろんない。情報として知っているだけだ」

「ああ、そういうことですか」

「実は毎年、あそこに寄付をしている」

「氷室さんがですか？」

「経営が厳しいようでな」

児童養護施設というのは、どこも経営は苦しいものらしい。それもそうか、と思った。基本的に、児童養護施設に金を生むシステムはないからだ。収入の大半は公的な補助金だが、それでは足りないことがほとんどで、寄付金頼みの施設も少なくないようだ。

驚いたのは、氷室が寄付しているという額だった。殺しのようなハイリスクな案件は当然得られる報酬も破格になるが、そう頻繁に依頼が来るわけではない。日頃あまり仕事のない氷室は、川畑の秘書のようなことをして日銭を稼いでいるくらいだ。おそらく、俺が聞いた寄付金の額は、氷室の総収入から最低限の生活費を差し引いた残りすべてに近いのではないかと思われた。

「その、なんと言うか、罪滅ぼし、みたいなことなんですか」

「いや。仕事は罪だと思っていない」

「じゃあ、どうして稼いだ金をわざわざ」

「なんとなくだ」

コーヒーをちびちびと飲みながら施設を見ていると、庭に数人の子供たちが出てきて、遊具にぶら下がって遊びだした。その瞬間、氷室の体が強張り、少し前のめりになったように見えた。距離があるせいで、俺の目には子供の顔までは判別できない。それは、氷室も同じはずだった。

「なんとなく、ですか」

「動機は理屈で説明できない」

「理屈？」

「俺が殺した人間の数を考えれば、あの子供たちは別に特別じゃないからな」

「じゃあ、なんでまた寄付を」

「施設に金を送ろうと考えたのは、たまたま視界に入ったからだ」

「気分とか、気持ちとか、そういうもんだと？」

「そうだ」

「でも、理屈抜きだと片づけるには、かなりの寄付額じゃないですか」

「金を振り込むと、少し気分がよくなる。しばらくするとまた落ち着かなくなって、人を殺して金を稼ぐ。金が出来たら、また寄付をする」

どうかしてるな、と、氷室は自分を嘲《あざけ》るように笑った。確かに、どうかしている。だが、どうかしてますね、と笑うことは、俺にはできなかった。本当に理屈抜きですか？　という言葉が脳裏を過《よぎ》ったが、言葉にすることはやめた。

裏稼業に手を染める人間の多くは、金が欲しい、というシンプルな理由でこの世界にやってくる。実際、表社会で普通に働くよりも遥《はる》かに多額の収入を得ることができるのだが、その分、制約もつきまとう。金の代わりに差し出さなければならないのは、「自由」だ。

まるで、箱庭に押し込められたように小さな世界の中で金を持っても、使い道があまりないということに気づく。そして、大抵の人間は金に対する興味や執着を失って、同時に、自分の存在価値も見失っていく。氷室は、寄付をすることで自分の存在価値を見《み》出《いだ》そうとしているのかもしれない。

「その、寄付を、って話でしたら、協力しますよ」

「いや、違うんだ」

「じゃあ、何を」

氷室は落ち着かなそうにまた煙草の箱を取り出した。だが、既に最後の一本を吸ってしまったらしく、きまりが悪そうに握り潰し、パンツのポケットに捻じ込んだ。逃げ道がなくなったのか、氷室は、ふっ、と短く息を吐いた。

「聞きたいことがある」

「俺に答えられることなら、なんでも」

「あ、ああ」

氷室は呼吸を整えると、ようやく思い切ったように話を始めた。

「去年、施設に新しい先生が入った。二十代、女の」

「はあ」

「若いが、いい先生だ。子供たちも懐いている。その――」

特に、俺が孤児にした兄弟が、と、氷室は言葉を加えた。

「その先生が何か」

「今、退職するか迷っているようだ」

「退職？　入ったばっかりじゃないんですか」

「ここのところ、昔の男がつきまとっているらしくてな」

大まかな輪郭が見えてきて、俺は、なるほど、と頷いた。要約すると、先生は過去の交際相手に復縁を迫られていて、身の危険を感じて転居と転職を考えている。ストーカー気質の相手なのかもしれないし、迷うだけの理由があるのだろう。氷室としては、その先生に辞めてほしくない。となると、元交際相手の男をなんとかしなければならない。もちろん、ただつきまといをやめろと言ったくらいで納得する相手ではないのだろう。


つまり、「交渉」が必要になる。


「あまり、素行のいい男ではない。俺がやってもいいんだが――」

氷室はそう言いながら、自分の脇腹の辺りを叩いた。ぱっと見はわからないが、今日もホルスターと拳銃が隠れているはずだ。

「男を黙らせることはできるが、一番大切な、先生の笑顔を奪ってしまいかねない」

「そうかもしれませんね」

「こういう時、交渉屋はどう対処するのか聞きたくてな」

「俺ですか？　どうでしょう。一応下調べなんかもしますけど、こういうケースなら、とりあえず本人に会いに行きますね」

「いきなりか」

「直接会って喋っていると、なんとなく交渉の糸口が見えてくるんですよ」

「何か方法論のようなものがあるのか？」

「いや、俺はバカなんでそういう難しいことはちょっと。ほんとに、ただの感覚です。それでよく仕事になってるな、とは自分でも思いますけどね」

「職人技なのだな」

「そんな大したもんじゃないですよ」

「だが、簡単に真似ができることではなさそうだ」

「よかったら、俺が引き受けましょうか」

一瞬、氷室の目が鋭く俺を見たように感じた。だが、その変化はかすかで、感情を読み取ることはできなかった。

「頼みたいのは山々なのだが」

「が？」

「正直に言えば、金がない」

俺たちが仕事を請ける時は、基本的に川畑を通さなければならない。そして、川畑を通すことになると、依頼のためにはそれなりにまとまった額の金が必要になる。もちろん、殺しの仕事が来れば氷室にもかなりの金が入るだろうが、今は仕事がないのかもしれない。

「急ぎなら、川畑さんには内緒で」

「いやしかし、それはルールに反する」

「でも、放っておいたら、辞めちゃいそうなんですよね、その先生」

「それは、そうだが」

「聞く限りでは、大したことなさそうな案件ですし」

「だが、川畑さんに知られたら、ただでは済まなくなるからな。キダのことは気に入っているると思うが、あの人は切ると決めたら容赦ない」

「バレないようにやりますよ」

「何故だ？」

「何故？」

「キダには得のない話だと思うが」

まあ確かに、と、俺は頷く。

「こういうのは、理屈じゃないんですよ」

氷室が、ほんのわずかだけ目を丸くして俺を見る。かすかに口元が緩んだようにも見えた。

「これは、上手く返されたな」

「時々、わからなくなりませんか?」

「何がだ」

「自分が、なんで生きているのか、とか」

「考えたこともないな」

「生きる理由がどうしても必要ってわけじゃないですけど、たまに理由が欲しくなることもあるじゃないですか」

「それが、この件と関係があるのか」

「身近にいる人が困っていて、俺みたいなのが助けになるなら、それが俺の生きる理由になるんじゃないかと思うんですよね」

氷室の表情からはやはり感情が読めないが、驚いたのか、困惑したのか、眉が少し動く。交渉相手が氷室のようなタイプの人間だったら困るな、と俺は思った。

「引き受けてくれるか」

「ええ、もちろん」

「すまないな。迷惑をかけることになるが」

「別に、迷惑だなんて思ってないですよ」

施設の庭では、子供たちがまだ遊具で遊んでいる。だが、必要以上にはしゃぐ様子はなく、どこか遠慮しているようにも見えた。自分たちの足元がいつ崩れてもおかしくないということを、子供心に悟っているのかもしれない。

俺は、両親が死んでから、伯父の家に引き取られて過ごした日々を思い出した。伯父夫婦の元で、俺は何不自由なく生活させてもらった。とはいえ、実の親に求めるような、無条件で無制限の愛情を要求することはできなかった。伯父伯母夫婦は「一人残された甥《おい》っ子《こ》を育てる」という義務を果たしてはくれたが、俺に対して愛情があったわけではなかったように思う。俺は、家族の一員として同じ世界に住まわせてもらえたわけではなかった。

思えばあの頃から、俺は欲求というものを放棄したのかもしれない。

今も、俺は何をしたいのか、どこに向かっているのかがわからない。大人になって自分の両足でどこまでも歩いて行けるはずなのに、いまだに小さな世界の残り香の中を彷徨《さまよ》っているだけだ。

「おい」

「あ、はい」

「ぼんやりしているようだったが」

「ええ。ちょっとだけ」

どこに向かっているのかわからない人生を、俺は明日も明後日《あさって》も歩き続けなければならない。でも、行き先がわからないのだから、同じところをぐるぐる回るしかない。それでも、暗闇の中、ほんの少し先に仄《ほの》かな明かりが灯《とも》ったように見えた。誰かのために、何かをする。俺は羽虫の如く、ほんのりと熱を帯びた光に向かってふらふらと歩き出す。

2

よし、そろそろ寝ろ、と、俺はスマートフォンを離そうとしない彩葉に声をかける。彩葉は不満そうに口を尖らせたが、立場はある程度わきまえているのか、スマホを握ったままではあるが、画面を消してベッドにもぐりこんだ。

彩葉がさも自分の場所のように使っているそのベッドは、つい先日まで俺の寝床だったところだ。彩葉が来てから、俺はソファに追いやられることになった。俺の体がデカいこともあって、横になると窮屈極まりない。

この狭苦しい部屋にベッドを二つ入れるのはさすがに無理だし、かといって引っ越すとなるといろいろ面倒だ、じゃあ床に敷く布団を買うべきか、などと考えてはいるが、彩葉がいつまでいるかわからないこともあって、結局はソファで寝る毎日が続いている。朝起きて体が痛いことにも、悔しいかな少しずつ慣れ始めている。

「歯磨きは」

「した」

「ほんとか？」

彩葉が、にっ、と歯を剝《む》き出す。別に、実際にしているかどうかはどうでもいい。俺は親でも保護者でもないし、彩葉を監督する責任はないからだ。したならいい、と彩葉に布団を被せる。

「なんかさ、キダちゃんてたまにパパママみたいなこというよね」

「そうか？」

「スマホやめろとか、寝ろとか、歯を磨けとか」

「それは大人として、子供に言うのが当たり前のことだからだ」

「パパもうるさかった。勉強しろとか、早く寝ろとか」

「ウザいからやめてくれ、と言うならそうする」

「ウザいけど、ウザくないよ」

俺が被せた布団から「暑い」と片足を出しながら、彩葉がよくわからないことを言う。

「夢だけど、夢じゃなかった」と同じような意味だろうか。

「どっちだ」

「わかんない」

「あんまり難しいことを言わないでくれ。頭が悪いんだ、俺は」

彩葉が妙に素直に頷く。もう憎まれ口をたたく余裕がないほど眠いのかもしれない。少し落ち着かなそうに体を揺らし、寝るのに最適な体勢を探している。

彩葉の様子を見ていると、両親が死んだ時のことを思い出す。


小学校の入学式を数日後に控えたその日、俺は母方の親戚の家に預けられていた。後から聞いたところによると、両親は寝ている俺を近所に住んでいた叔母に任せ、二人で買い物に行っていたらしい。だが、その帰り道、前を走っていたトラックの積み荷が突然崩れ、無数の鋼鉄パイプが両親の乗る車に突き刺さった。当然、両親は即死だった。

子供だった俺に事故の惨状を詳しく説明してくれる人はいなかったが、おそらく、両親の遺体は原形をとどめないほど損傷してしまったのだろう。遺体に別れを告げることもできないまま、翌日には二人とも白い布に包まれた小さな箱の中に納まっていた。葬式が終わると、俺は父親の兄である伯父の自宅に連れて行かれた。伯父伯母夫婦には子がなく、親戚一同が「伯父が引き取るのが妥当だ」と主張したようだ。施設に入れるのは「かわいそう」であったらしい。

電車とタクシーを乗り継ぎ、伯父の家に着いた時にはもう夜になっていた。今日からここで寝なさい、とあてがわれた布団に、俺は言われるがまま潜り込んだ。ホームシックを起こして泣くようなことはなかったが、しばらく眠りに落ちることもなく、うっすらとした月明かりで浮き上がった天井を見上げていたことをなんとなく覚えている。

馴染《なじ》みのないにおいの布団。

見たこともない天井。

急に変わってしまった世界に困惑しながら、俺は必死に目を閉じた。新しい家の布団のにおいに慣れたのは、随分後になってからだった。彩葉もきっと、慣れないにおいや、天井の違和感を感じているに違いない。

両親が殺された、と言うわりには、普段、彩葉はあまり落ち込んだそぶりを見せない。だが、その言葉が嘘でも真実でも、不安や孤独感がないわけはないはずだ。こういう時、俺が普通の人間であったなら、頭にぽんと手でも載せて「安心しろ」などと言ってやれるのかもしれない。だが、世間様に顔向けのできない仕事を生業とする俺が、彩葉に触れることはためらわれた。真新しい白い布を、泥だらけの手で触るような罪悪感を感じてしまう。小指の先を軽く絡ませるくらいが限界だ。

彩葉が目を閉じるのを見て、部屋の明かりを落とす。彩葉の希望で、うっすらと光るくらいに電灯を調光する。薄明かりがあるのとないのとでは、恐怖感が随分違うそうだ。おやすみ、と言う間もなく、彩葉はあっという間に寝息を立て始めた。やや寝つきの悪い俺にはうらやましい限りだ。いつもなら、俺も毛布一枚被ってソファに横たわる時間なのだが、今日はそうもいかなかった。片づけなければいけない仕事がある。

彩葉を起こさないように、そろりとクローゼットを開ける。選んだ服は、闇に紛れる黒のシャツだ。人に言えない仕事をする人間が一番好む色だろう。静かに袖を通し、ボタンを留める。いつもの流れでクローゼットの一角に置かれた小物入れの引き出しを開けた。ベルトや腕時計といったものに埋もれるように、減音器《サプレッサー》のついた拳銃と実弾が無造作に置いてある。随分前に、川畑から買ったものだ。

殺しをするわけではないが、銃というものは俺にとっても便利な道具だ。わざわざ説明しなくとも、見せるだけでこちらが普通の人間ではないことをすぐにわかってもらえるからだ。もう見慣れてきた「愛用の」拳銃を手にする。だが、今日は少し重く感じた。グリップを握って、左右に手首を捻《ひね》ってみる。

——撃つなよ。

銃を買った時、俺は扱い方を氷室に教わった。その最中、氷室が「撃つなよ」と言ったのが印象的だった。殺し屋が言いますかそれ、と、当時は笑って流したのだが、今思えば、冗談などではなかったのかもしれないな、と思う。

――一人殺した瞬間、戻れなくなるからな。

あの頃は、言葉の意味がよくわからなかった。だが、先日、コンビニから児童養護施設を眺めるだけの氷室の様子を見て、俺はようやくその言葉の意味がわかった気がした。

氷室はきっと、誰もいない世界にいる。

俺は氷室と会話することはもちろんできているが、かといって氷室の世界に俺が存在しているわけではない。俺は氷室の近くをかすめた彗星《すいせい》のようなものだ。一時的に距離が近くなっても、引力が作用することはなく、互いにそれぞれの軌道を描いて、それぞれの世界を歩いていく。一度離れたら、もう二度と近づくことはないかもしれない。

氷室が殺しに手を染めるまではどういう人間だったのか、どういう人生を歩んでいたのかは想像もつかない。親もいるだろうし、友人や恋人もいただろう。荒《すさ》んだ生活をしていたのかもしれないし、案外普通の日常を送っていたのかもしれない。けれど、実際に人を殺した日から、氷室を包む世界は誰も存在しない空虚な砂漠に変わってしまった。殺し屋となった今は一人二人殺したところで世界は硬直したまま変わらないのだろうが、初めて殺人を犯した時には氷室にとって劇的な変化があったのかもしれない。もう、元の世界に戻ることはできない。そう感じさせるような。

俺もまだ人殺しはせずに済んでいるとはいえ、引き金を引くか引かないかの選択は、いつも紙一重だ。持っていれば、いつか使う日がくる。それでも、使ったところで俺の世界はさほど変わらないと思っていた。俺の世界には、元々誰もいない。そう、思っていた。

だが、寝息を立てている彩葉を見て、俺は少し思い違いをしていたのかもしれない、と考え直した。彩葉は久しぶりに現れた「来訪者」だった。必要以上に干渉しない俺と氷室のような関係とは違って、彩葉の存在は明らかに俺の世界を少しずつ変えていっている。ソファで寝ることになったり、家でシチューを一緒に食ったり。地味な色の服だけしかなかったクローゼットに、原色の服が並んだり。

もし、今夜俺が人を撃って帰ってきたら、どうなるだろう。俺の手は永遠に拭い去ることのできない血に塗れて、彩葉と同じ世界にはいられなくなるだろう。コンビニの前に立つ氷室と、児童養護施設の距離。あれが、俺と彩葉の間の距離になる。

「今日は、やめておくか」

俺は独り言を言いながら持ち上げていた銃を戻し、そっと引き出しを閉めた。この奇妙な同居生活がいつまで続くかは知らないが、今は俺の世界から彩葉を追い出すわけにはいかなかった。

「行ってくる」

薄い明かりをそのままにして、俺は部屋を出た。銃を置いてきたせいか、身軽になった気がする。はたして拳銃抜きでちゃんと仕事ができるのかという不安を抱えつつも、俺はいつもより少し軽やかにアパートの外階段を下りる。

3

「痛《いて》えな！　殺すぞ！」

俺が全体重をかけて圧《お》し掛かると、男は呻き声を上げた。だが、いくら押さえつけても足をバタバタと動かし続け、聞くに堪えない罵《ば》詈《り》雑言《ぞうごん》が止まらない。耳元で、静かにしろ、と言うくらいではなんともならなそうだ。やはり銃を持ってくるべきだった、と、心の中で頭を抱える。

「あんまり騒ぐと、痛い思いをしてもらうことになるんだが」

「なんなんだよ、てめえおい！」

「ちょっと、話があるんだよ」

今回の交渉は、先日、氷室に頼まれた案件だった。児童養護施設の先生につきまとっているという男は、調べてみると、あろうことか以前俺が交渉をしにいったＴＸＥの下っ端社員だった。

暴力団は入りたての構成員を組事務所に住まわせることがあるらしいが、ＴＸＥではそれを「社宅」と呼んでいる。男は、その「社宅」に住んでいた。さすがに二度も組事務所へ乗り込むのはリスクが高すぎると、俺は男が外に出る機会を探ることにした。探る、と言うといかにも大変そうだが、実に簡単な話だった。男には女がいて、夜中になるとちょくちょく社宅を抜け出しては女の家に転がり込んでいたのだ。

夜、女のアパートに到着した俺は、噛んでいたガムをドアスコープにつけて視界を塞《ふさ》ぎつつ、ドアホンのカメラに映らないポジションからチャイムを鳴らした。男の到着がいつもより早いと思ったのか、「早くない？」などと訝《いぶか》しがりながらも女が解錠してドアを開ける。俺はすぐさま玄関に押し入り、女が叫び声を上げる前に口を塞いだ。関係のない女には申し訳ない限りだが、動けないように縛って転がしておくことにした。

俺が交渉相手のプライベートな空間に忍び込むのは、言ってしまえば演出だ。人間は巣に戻ると無意識に警戒を解く。その「安全だと勘違いしている場所」へ無遠慮に侵入することで、交渉に応じなければいつでも別の対応方法をとる、というメッセージを送る。後は単純に、知らない黒装束の男が部屋にいたらビビるだろうな、と思うからだ。

俺だったら腰を抜かすに違いない。

その思惑通り、時間になって女の家にずかずかと上がり込んできた男は、俺を見るなり情けなく悲鳴を上げた。だが、俺が丸腰だとわかると、急に強気になって摑みかかってきた。顔を何度か殴られたものの、俺はなんとか男を床にねじ伏せた。銃を持ってきていれば、こんな展開にはならなかっただろう。

動けなくなっても、男は一向に落ち着く気配を見せなかった。が、俺が氷室から聞いた児童養護施設の先生の名前を口に出すと、何故か状況は一変した。男は一気に大人しくなり、それまで床に転がったまま涙目になっていた女の目つきが一気に大人しくなくなった。何が起こったのかはわからなかったが、とにかくようやく話ができる状態になったのでよしとすることにした。

「復縁を迫っていると聞いたが」

「いや、違うって、何言ってんだ、てめえは」

男が明らかにトーンダウンしたので、俺は男に体重を乗せるのをやめ、頭を押さえつけていた手を離す。男は、触るな、と俺を払《はら》い除《の》けながら立ち上がったが、もう摑みかかってくる様子はなかった。

「違う？」

「別に、ヨリを戻そうとしたわけじゃねえよ」

「じゃあ、何故つきまとうんだ」

「いや、その、あいつをなんとか、風俗に落とせねえかなって」

男の話は、事前に氷室から聞いていた話よりも生臭いものだった。

男は先生の元交際相手という話だったが、交際期間は高校の時の三ヶ月間だけであったようだ。その後、男が高校を中退したことで自然消滅している。復縁を迫るにはあまりにも関係性が希薄だと思ったが、案の定、動機は別のところにあった。

TXEの社員は、毎月一定額の〝売上〟を上げることが要求される。言葉を変えてはいるが、要するに暴力団の上納金制度そのものだ。男はどうもデキがいい社員ではないらしく、今月はかなりピンチであったようだ。そこで、男は連絡先が残っていた高校の頃の元交際相手の先生に近づき、なんとか騙して風俗店に売ってしまおうと考えた。女を一人風俗店に落とせば、女の稼ぎの一部が懐に入ってくることになるからだ。

男は聞いてもいないことまでべらべらとしゃべりながら、しきりに足元に転がっている女を見る。俺と話をしているというよりは、女に向かって弁解をしているように見えた。女の口を塞いでいなかったら、俺などそっちのけで痴話ゲンカが始まっていたかもしれない。

「あの先生を連れて行かれると困るんだ」

「俺だって、好きでやってんじゃねえよ。でも、井戸がやれって」

「イド？」

どこかで聞いた名前だ、と記憶の糸をたぐると、少し前に「ミルキー・ミルキー」で急に声をかけてきたオールバックの男の顔が浮かんだ。飯を食おうとしていただけなのにいきなり脅されて面食らったが、どちら様ですか、と聞くと、笑いながら名刺を置いて去っていった。名刺を見てようやくＴＸＥの人間であることがわかったのだが、そこに記載されていた名前が、確か「井戸」だったはずだ。

「金に困ってるのも、井戸に鼻を折られたせいで手術代が結構かかったからなんだって！　俺だってさ、ほんとはそんなことしたくねえんだよ」

その後も、男は終始「井戸が」を繰り返し、一向に話が進まない。俺は完全に愚痴を聞く役になってしまっていた。長いこと交渉屋をやってきたが、これほど緊張感のない交渉は初めての経験だ。

「そっちの事情は知らないが、これ以上先生に近づくなら、俺もいろいろ考えないといけない」

「いろいろってなんだよ」

「例えば、その井戸とやらのところに文句を言いに行く、とかな」

俺が自分の財布から井戸の名刺を取り出すと、見る間に男の顔色が変わった。首を小刻みに横に振りながら、半泣きになってそれはやめてくれ、と悲鳴を上げる。井戸の名刺が拳銃並みの効果を発揮するとは思わず、逆に俺が面食らう。

「そんなことされたら、今度こそ殺されるだろ!」

「じゃあ、もう先生には近づくな」

「でも、金が用意できなかったら、結局殺されるから――」

男の「殺される」が、言葉通りの意味なのか、「半殺しにされる」の誇張なのかはわからなかったが、この調子だと普段から相当痛めつけられているようだ。鼻を折られたというのも、あながち嘘ではないのかもしれない。

「そんなに面倒なやつなら、わざわざ下について働かなければいい」

「そうもいかねえよ」

「なんでだ」

「あの人に逆らったら、この街で生きていけなくなるだろ」

「大げさな」

「大げさじゃねえって。あの人はこの街を支配しようとしてるんだからな」

支配と聞いて、俺は思わず噴き出した。映画か漫画でしか聞いたことのない言葉だ。魔王のように高笑いする井戸の顔が頭に浮かんだ。

「そいつはまた物騒だな」

男が、おっとしゃべりすぎた、とばかり両手で口を塞ぐ。あまりのわかりやすさに苦笑しながら、俺は男との距離を少し詰めた。

「井戸というやつの話、もう少し聞かせてもらえないか」

「いやバカ、こんな話したってバレたら殺されるだろ！」

「もちろん、タダとは言わない。俺は交渉屋だからな」

えっ、と、男が表情を変える。目をせわしなく左右に動かし、眉が動く。どっちが得なのか、考えているのだ。どうやら、俺は先日の交渉の件で、井戸という男に目をつけられているようだ。情報を仕入れておいて損はない。俺はもう一度財布を出して、男の前にチラつかせる。

「い、いくらだよ」

「今月、売上とやらが足りないんだろ。残りを全額出してやる」

「え、全額」

マジか、と、男が唾を呑み込む。どうやら、井戸という男にかなりのプレッシャーをかけられていたらしい。金を用意できないと、治したばかりの鼻がまた折れることになるのだろう。

「い、井戸にチクるんじゃないだろうな」

「そんなつもりはない。俺になんの得があるんだ」

「ぜ、全額、今すぐ寄越すのか」

「持ち合わせで足りるならな。足りない分は後で送ってやってもいい」

男は、思いのほかあっさりと頷いた。いくら必要なんだ？　と聞くと、男の目が、また左右に動く。おそらく、金額をいくら盛るか考えているのだろう。俺は、多少盛った金額を提示されても、言い値で払ってやるつもりではいた。

「な、七万円」

「七万？」

「値切るなら話さねえぞ」

俺は財布から現金を抜き出す。一万円札で七枚。たった七万円のために、お前は一人の女の人生をめちゃくちゃにするつもりだったのか、と思いながら、俺は七枚の札を男に突き出す。

4

――生きてる、って感じ、するだろ？

――心臓がバクバクしてさ、顔とか手とか、熱くなってさ。

「いや、生きた心地がしねえって」

俺は公園のど真ん中に倒れて夜空を見上げながら、胸の中で狂ったように暴れる心臓をなだめようと、ヒッヒッフー、と妊婦のような呼吸をする。

俺が公園のど真ん中で倒れているのには、もちろん理由がある。

なんとかTXE社員の男との交渉に成功した俺は、交渉場所となった駅近くのアパートから歩いて自宅に帰る途中だった。人口密集エリアから川を渡って郊外に出、県道四十六号線を渡って〝林道〟を抜け、ザリ川公園の広場に差しかかったところで、目の前を突然黒い影が横切った。暗闇から突如浮かび上がった影に驚いて、俺は、ふわあ、と言いながらひっくり返り、いつの間にか地べたに転がっていた。影の正体はどうやら野良猫だったようだ。暗闇の向こうから、にー、という暢気な鳴き声が聞こえてきた。

起き上がる気力を失ってしばらく大の字になっていると、急に虫の羽音のような、ブーン、という音が聞こえてきて、俺はまたもや悲鳴を上げた。なんのことはない、ポケットから転がり落ちたスマートフォンが鳴っていたのだ。体を起こして不機嫌そうに唸《うな》るスマホを拾い上げ、画面を見る。氷室からの着信だ。一度二度咳払いをしながら、俺はようやく電話に出た。

「キダか」

「はい」

「俺だ」

「まだ起きてたんですか」

「今どこだ」

ザリ川公園――、と言おうとして、俺はなんとか踏みとどまった。そう言って通じるのは、俺が通っていた小学校の出身者だけだ。

「仕事が終わって、家に帰る途中です」

「そうか、どうだった」

「交渉は上手くいきましたよ」

「本当か」

「もう先生につきまとうことはないと思います」

「どういう条件で折り合いをつけたんだ」

「アメとムチですよ」

氷室が怪訝《けげん》そうな声を出したが、俺は詳しくは語らずはぐらかした。今日の交渉は、どうも褒められたものではなかった。殴られたのもあるし、切り札となったものが偶然持っていた名刺だったこともある。一歩間違えば、交渉は決裂していたかもしれない。

そうなっていたら、かえって氷室に迷惑をかけるところだった。安請け合いをするものではないな、と反省する。

「ところで、氷室さん、井戸って男のこと知ってますか」

「井戸？」

「今回の件、元を辿れば原因はその男みたいなんですよ」

「井戸茂人なら知っている」

「あ、そいつですね」

「ここらでは名の知れたヤクザ者だ。最近では珍しいが、殺しや拉致監禁暴行も平気でやる。かなり強引なやり方だが、この近辺の裏の連中を掌握しつつある」

「そんな派手なことをやって、捕まらないんですかね」

「自分では手を汚さないようだ」

「氷室さん、井戸の仕事を請けたことは？」

「ない。仕事があるなら是非依頼してほしいものだが」

氷室が、冗談とも本気ともつかないことを言う。俺は笑っていいものかどうか迷った結果、そうですね、などと無難に流すことにした。

「井戸が絡んでいると言ったが、先生のためには井戸を消さなければならないということか？」

「いや、そこまでしなくても、とりあえず今回は解決です」

「さすがだ。礼をしなくてはならないな」

「いえ、大したことない案件だったので、礼なんか別に」

「そういうわけにもいかない」

「じゃあ、そのうち、俺が困った時にでも助けてください」

「いいのか、本当に」

それから二言三言、言葉を交わして通話は切れた。静かになったスマートフォンをポケットに捻じ込むと、俺はようやく立ち上がって尻についた土を払い落とす。公園内には、依然として誰もいなかった。誰のためにあるのかわからない照明が、園内の歩道を夜通し照らし続けている。

公園は、のっぺりとした広場があるだけのつまらない空間だ。俺がガキの頃は子供が好きそうな色に塗られた遊具がいくつもあって、ボールを追いかける子供で溢れていた。公園の一角には小川が流れていて、ザリガニがよく釣れた。今くらいの時期になると、青い空に無数の赤トンボが飛んでいた。虫取り網を振り回してトンボを追いかけ回す連中もよく見かけたものだ。

だが、色とりどりの遊具は、危険、という声を受けて、一つ、また一つと姿を消した。公園内でのボール遊びは禁止され、この公園のシンボルであった「ザリ川」は、蚊《か》が発生する、という近隣住民の苦情によって埋め立てられた。そういえば、もう何年も空を飛ぶトンボの姿を見ていない。幼虫《ヤゴ》の住む場所がなくなったのだろう。結果、ザリ川公園は土とコンクリートだけのモノトーンな広場になった。最近は、子供も集まってこない。禁止事項が多すぎる公園は、遊ぶこと自体が難しいのだろう。公園にいるのは、老人の方が多い。

俺が子供の頃は確かに色で溢れていたはずの世界が、今は白か黒か、の二つだけで分けられているように見える。俺にとって意味のある色は、信号の三色くらいのものだ。それでさえ、正しいことと誤っていること、つまり白か黒かと、その境界線を表すために使われている。

俺は少し落ち着こうと、公園の端に作られた東屋《あずまや》に向かった。木のベンチに腰をかけてみると、こんなに座面が低かっただろうかと困惑した。俺にとって「故郷」というべきこの街の記憶は、ここが出発点だった。

——好きに遊んでらっしゃい。

両親を失ってこの街に来たばかりの頃、伯母は俺をこの公園に連れて来た。子供を遊ばせなければならない、という伯母なりの配慮だったのだろうが、一緒になって遊んでくれるわけではなかった。自分は東屋のベンチに座り、優しい声で「遊んでらっしゃい」と言うだけだった。

俺の前には、色とりどりの世界が広がっていた。原色の遊具、子供たちの鮮やかな服。空の青と、草木の緑。だが、俺はなかなかその世界に入っていくことができなかった。引っ越してきたばかりで知っている人間などいないし、性格的に「まぜて」などと言って割り込んでいくようなこともできない。俺は独り、色も音もない世界に立って、指を咥えながらカラフルな世界を見ているだけだった。

だが、その世界の中、ぽつんと一人で遊んでいる子供を見つけた。年齢は同じくらい、というか、顔を見たことがあった。その日の数日前から通い始めた小学校で、同じクラスになった男子児童だ。

名前は、澤田マコト。

「一人？」

勇気を振り絞って、俺はザリ川を覗き込むマコトに声をかけた。一緒に遊びたい、と思ったわけではない。一人でいるのは、何か俺と同じような部分があるのかもしれない、という予感がしたからだ。

マコトは、返事もせず、しっ、と俺を黙らせると、いきなりザリ川に手を突っ込んだ。俺はつられてマコトの手元を覗き込む。次の瞬間、目の前にグロテスクな甲殻類の腹が迫っていた。俺が驚いて仰《の》け反《ぞ》ると、マコトは真顔のままにこりともせずに、獲《と》ったザリガニをバケツに放り込んだ。

「なんだ、おまえひとりで遊んでるのか？」

「お、おまえだってそうだろ」

「名前は？」

唐突に名前を聞かれて、俺は「キダ」と答えた。何故、下の名前ではなく、苗字《みょうじ》を答えたのかはいまいち覚えていないが、死んだ両親と自分を繋ぐ苗字が、その当時の俺にとって唯一のアイデンティティだったのかもしれない。

「キダか。オレは――」

「知ってる。おまえはマコトだろ」

マコトは、あれ、知ってるの？　というような表情を見せた。俺は聞かれる前に先回りして、「同じクラス」とだけ呟いた。マコトは、ああそうなのか、といった台詞《せりふ》を言うことすらせず、じゃあ、と、俺の手を摑んでザリ川に引っ張り込んだ。どぼん、という音とともに、水があっという間に靴の中へとしみ込んできて、背筋に悪寒が走った。

「おい、なにすんだよ」

「おまえそっちな」

「そ、そっち？」

「そっちがわのザリガニ担当」

「いや、その」

「ほら、はやくとれよ。競争だぞ」

正直に言うと、俺は生き物を触るのが苦手だった。なんなら今も苦手だ。手の中で、突然予想もしない動きをするのが怖いのだ。にもかかわらずマコトは強引に俺をザリガニ獲りに引き込み、早くしろと急《せ》き立てた。

俺は腰が引けたまま、おずおずとザリ川の水面を覗き込んだ。流れにそよそよと揺れる水草の間に、赤黒い生き物が蠢《うごめ》いているのが見えた。鳥肌が立つのを感じながら、それでも震える手を川面《かわも》に差し入れようとした瞬間だった。突如、背後でバチバチという音が聞こえ、俺の股の間をすさまじい音を立てながら何かが飛んでいった。俺は、あまりの驚きに、ザリ川から飛び上がり、ふわあ、と情けない声を出しながら川べりにひっくり返った。気がつくと、白い雲が浮かんだ青空が視界いっぱいに広がっていた。その穏やかな光景とは裏腹に、俺の胸の中では心臓が爆発しそうなほど大暴れしていた。

「おまえ、ひっくりかえるとか、ビビりすぎだろ」

「なにを、したんだよ」

マコトは、コレ、と、倒れた俺の顔の上に、細長い物体を差し出した。目を寄せて焦点を合わせると、それがロケット花火であることがわかった。火を点けると、火花と大きな音を出しながら飛んでいく玩具花火《おもちゃ》だ。今であれば、公園内でぶっ放そうものなら大目玉を喰《く》らうのだろうが、当時は公園前の看板に「花火禁止」とは書かれていなかった。

「すごいな。ビビリのかみさまだな、おまえ」

「なんで花火なんか、急に」

「なんでって」

――ドッキリだ。

マコトは右手を差し出し、俺の手を摑んで引き起こした。マコトに声をかけて数分しか経っていないのに、俺の足は水でずぶぬれ、服は砂だらけになっていた。

「おまえな、こんなによごしたら、おれ、おこられちゃうだろ」

「いいじゃんべつに。楽しいだろ、心臓ドキドキして」

「楽しくねえよ」

「よし、じゃあ、次はキャッチボールしようぜ」

少しうとうとしていたのか、木のテーブルに載せていた肘が落ちて、俺は我に返った。

目の前のザリ川公園には、子供たちの姿も、ザリ川のせせらぎも、そしてあのマコトもいなくなっていた。

ここで初めてマコトと話した日、自分の目の前の世界が急に色づいていったことを確かに覚えている。小学校から中学、高校と上がっていっても、マコトとはよく遊んだ。誰かと一緒にいることが当たり前だった頃の世界は、鮮烈な色の記憶とともにまだ俺の中に残っている。

大人になって、俺とマコトはいつしかそれぞれ別の道を歩むことになり、俺の世界は再び色を失った。ぼやける目をこすってみるが、目の前にあるのは、土とコンクリートでできた、味気ない広場だけだった。帰ろう。独り呟き、俺は立ち上がった。誰のためにあるのかわからない照明が、まだ園内の歩道を照らし続けている。

5

静かに玄関ドアを開け、物音を立てないように部屋に滑り込む。ドアノブを回したままドアを閉め、ゆっくりと手を離す。これまでは考えられなかったことだが、俺は小声で「ただいま」と囁いた。意識したわけではないが、家に人がいると思うと、自然とそういった言葉が出るようだ。

リビングのドアを開け、足音を忍ばせる。上着だけ脱いでソファという名の寝床に入ろうとしたが、部屋の空気が出て行った時と違うような気がして、俺は動きを止めた。耳を澄まして肌の感覚に集中するが、怪しい物音や気配がするわけではなかった。

ふと、ベッドに目を遣る。潜り込んだ彩葉の形に沿って布団が盛り上がっているのが見えるが、どうも違和感の出どころはそのベッドのように思えた。ゆっくりと近づき、ベッドの縁《へり》に腰を下ろす。起こさないようにと思いながらも、彩葉、と微《かす》かに呼びかける。行動は矛盾しているが、自然と彩葉の名を呼んでいた。

返事はない。ぐっすり眠っているならそれでいいはずなのだが、俺は戸惑いながら布団越しに彩葉に触れようとした。触れることへの抵抗もあったが、それ以上に、ベッドから漂う違和感が強かった。どうも、彩葉の存在が感じられないのだ。

人の存在というものを感じる時、何を知覚しているのだろうか。目に見えるものか、体温か、それとも霊的な何かか。彩葉が来てから少し狭く感じていたはずの部屋が、今は何故かがらんとしているように思える。

そして、その直感は間違っていなかった。

彩葉、と呼びながら布団の上に手を置くと、ゆっくりと彩葉の形が崩れ、布団は力なく潰れた。何度か手のひらで感触を確かめた後、勢いをつけて布団を引っぺがす。案の定と言うべきか、シングルベッドの真ん中で丸まって寝ているはずの彩葉の姿は、そこになかった。シーツを手で撫でる。ひやりと冷たい。彩葉が布団を出てから、もうずいぶん経っている。心臓が、急に猫が飛び出して来た時とは毛色の違う動きで胸を叩き出した。手に、じっとりとしたものが滲《にじ》む。

改めて部屋を見回すが、誰かが侵入してきたような形跡はない。玄関ドアも施錠されていたし、窓の内鍵もかかっている。彩葉には家の鍵を渡していない。まるで、推理小説の密室だ。外から誰かが入って来たとは思えない。そして、彩葉が自分から出て行ったわけでもない。だとすれば、答えは一つだ。家の中のどこかにいる。

俺は立ち上がると、まずクローゼットを開けた。中に彩葉はいない。リビングを出て、トイレのドアを開ける。誰もいない。すぐ隣、風呂の脱衣所の扉を開け、浴室の扉に手をかける。

「彩葉」

浴室の中、大人は膝を曲げなければ入れないくらいの小さな空のバスタブに、彩葉はすっぽりと収まって寝息を立てていた。だが、名前を呼んだ瞬間にはっと目を覚まし、体を起こそうとする。続けて声をかけようとしたが、そのまま言葉を失った。

彩葉の手の中の拳銃が、真っすぐ俺に向けられていたのだ。

「お、おい」

浴室の電灯をつける。淡い光が、窓のない狭苦しい空間を照らす。彩葉は、一瞬眩《まぶ》しそうに顔をしかめる。

「キダ、ちゃん」

「なんで、そんなものを持ってるんだ」

彩葉が両手で構えている拳銃に、俺は手を伸ばした。クローゼットの中にしまっていた拳銃だ。ちらりと確認したが、安全装置《セーフティ》がかかったままになっている。撃とうとしても、引き金がロックされて発砲はできない。少しだけ、安堵《あんど》の息が漏れた。

俺がゆっくりと銃身を摑んでも、彩葉は銃を離そうとしなかった。こんなものを持ってはだめだ、と、少し力を籠めるが、抵抗を感じる。俺がもう一方の手で彩葉の頭に触れると、彩葉はようやく力を抜き、銃から手を離した。同時に、両腕を俺の首に回してしがみつく。俺は片手に拳銃を持ち、片手で子ザルのようにぶら下がる彩葉を支え、ひやりとした空気に満ちた浴室からリビングに戻った。拳銃は、とりあえずクローゼットの中の小物入れに放り込んでおくことにした。

リビングに戻っても、彩葉は俺から離れようとしなかった。俺の肩に顔を埋《うず》め、喉がひっくり返るのではないかと思うほど激しくしゃくりあげる。見た目は少し大人びてきていても、十一歳はまだ子供の域を出ていないのだな、と再確認する。

俺は彩葉を抱えたままソファに腰をかけ、少し躊躇《ためら》いながらも彩葉の背に手を回し、ぽん、と叩く。俺は小さな子供と接したことなどなかったが、そうすると子供が落ち着くということは知っていた。俺がまだ俺であるという意識もあやふやな頃、母親にそうされた記憶がどこかに残っていたからかもしれない。

「どうしたんだ、何かあったのか」

俺の声は聞こえているのだろうが、答えようにも喉や胸が言うことを聞かないのだろう。声をかける度に泣き声が大きくなり、俺の襟首を掴むモミジの如き小さな手に、きゅっと力が入る。

思えば、これほど必死に自分という存在を誰かに求められたことがあっただろうか。友情や愛情とは少し違う。赤子が母親にしがみつくように、溺れる者が藁《わら》を掴むように、彩葉が俺の体を必死に掴んでいる。思った以上に、掴む力は強い。それは、彩葉が生きようとする意志の力だ。こんな時、俺はどうすればいいのか。背中を叩いてやることくらいしか思いつかない。

——結局、彩葉が落ち着くまでには、一時間ほどかかった。

「どこに行ってたの」

「仕事だ」

目元をぱんぱんに浮腫《むく》ませた彩葉が、ようやくぽつりと口を開く。

「また仕事。仕事仕事」

「それより、なんであんなことになったんだ」

寝ていた彩葉が、夜中に起きて一人、バスタブの中で銃を構えるに至った経緯は、どうも俺には想像ができない。

「夜ね、悲鳴が聞こえて」

「悲鳴？」

「ギャー、みたいな」

なんだそれは、と、俺は首を捻る。

「ケンカか？」

「しらない。でも、ギャー、って」

俺は、ああ、とようやく悲鳴の正体に気がついた。

「それは、たぶん鷺《さぎ》だ」

「サギ？」

「結構デカい鳥だ。近くに寝床の木があるんだ。夜中いきなり鳴くことがある」

「ギャーって？」

「そんな感じだな」

超迷惑、と、彩葉が口を尖らせる。俺は何故か「鷺も悪気があるわけじゃない」などと意味不明な擁護をする羽目になった。

「鳥だなんて知らなかったから怖くなって起きたのに、キダちゃんがいなくなってて」

「彩葉が寝ている間に、仕事を済ませてこようと思ったんだ」

「あんな夜中に?」

そういう仕事だからな、と、俺は答えたが、かすかに後ろめたさのようなものを感じて、彩葉から目を逸らした。夜中にこそこそと家を出て、人様の家に忍び込むような行為を、「仕事」と胸を張って言うのが恥ずかしくなったのだ。

「もしかしたら、悪い人が来たんじゃないかって思って、でもどこに逃げていいかわかんなくて」

「それで風呂場に?」

「お風呂に行ったら、ギャー、が聞こえなくなったから」

なるほどな、と、俺は腹の底からため息をつく。

「でも、ああいうものは、触っちゃだめだ」

「ああいう?」

俺が親指と人差し指を立てて見せると、彩葉は、ああ、と不機嫌そうな顔をした。

「彩葉に扱えるようなもんじゃないからな」

「じゃあ、練習すれば撃っていいの？」

「馬鹿言うな。なんのためにそんなことするんだ」

「悪いやつを、殺すために」

「そんなことは考えるな」

「なんで？　向こうはパパママを殺して、彩葉も殺すかもしれないのに」

それは、と、俺は言葉に詰まる。

「子供がやるようなことじゃない」

「大人だったらいいの？　誰かがやってくれる？」

「そういう問題じゃねえだろ」

「でも、キダちゃんは銃持ってるじゃん。キダちゃんはいいの？」

「いいか彩葉」

俺は彩葉の正面に座り、じっと目を見た。彩葉の涙袋が、またぷくりと膨れる。

「俺は、いい大人じゃねえんだ。夜中にこそこそと家を出て他人の家に忍び込んで、無理難題を認めさせる。そういうのが俺の仕事だ。仕事と言うのもどうかと思う。そんなまともじゃない人間になりてえのか？」

部屋が、しん、と静まり返る。彩葉はほんの少し涙を零《こぼ》して洟《はな》をすすったが、唇を噛んでそれ以上泣くことはしなかった。

「キダちゃんはさ」

「なんだ」

「なんでそんな仕事をしてんの？　まともじゃない、とか言うなら」

「昔、どうしても川畑さんの力が必要になったことがある。金がなかったから、仕事を手伝うことにしたんだ。それから、抜け出せなくなった」

「なんで？」

「自分の名前も捨てたような人間は、なかなかまともな道には戻れねえんだよ」

「しれっと戻ればいいじゃん」

「そういうことができる人間もいるかもな。でも、俺はそうじゃなかった」

「どうして？」

「嘘をつくのが下手だからだ。過去や経歴を変えたところで、どうせバレるんだよ」

彩葉は、うー、と不満げな声を上げながら、ベッドの上に移動して胡坐《あぐら》をかき、枕を抱え込むように抱いた。やがて、ことり、と横に倒れる。

「キダちゃんはさ、あれ、撃ったことあるの？」

「撃ったことはある。人を撃ったことがあるか、という意味なら、それはまだない」

「そっか。じゃあ、彩葉を殺そうとしてる人を殺して、って言っても無理なんだ」

「なあ、彩葉」

「なに」

「一度、ちゃんと聞かせてくれねえか。一人で逃げることになった理由を」

俺が彩葉について知っていることは、まだ限られている。両親を殺され、命からがら逃げて来た、という彩葉の主張には、どこか懐疑的な部分もあった。だが、鷺の鳴き声で震え上がり、浴槽の中に銃を持って隠れていた姿からすると、実際に何かトラウマになるような恐怖を味わったのかもしれない。俺は、少し考えを改めざるを得なかった。

「それさ、言ってなんかなる？」

「わからない」

「じゃあ、話したって意味ない」

「話してもらわないと、なんとかできるかどうかすらわからない」

「じゃあ、約束して」

「約束？」

「彩葉が大人で、自分でお金稼げるんだったら、一人で逃げることだってできると思う。でも今はさ、大人の力を借りないと何もできないし、大人の都合に逆らえない」

「そうだな」

「だから、彩葉はキダちゃんに、助けて、って言うしかない。助けてって言っても助けてもらえないんだったら、絶望じゃん。なら、何も言わないほうがマシ」

「そうかもしれないが」

「だから、話を聞くんだったら、ちゃんと助けてほしい。助けられないなら、追い出したらいいよ。助けるって約束してくれるなら話すけどさ」

約束、という強い言葉を前に、俺は少し躊躇《ちゅうちょ》した。約束する、と簡単に言って彩葉から情報を聞き出すこともできるのだろうが、そうはしたくなかった。

今に至るまでの俺の人生は、ただひたすら走っているだけの人生だった。自分のことだけで精いっぱいで、立ち止まって考えることもしなかった。だが、彩葉の前では、俺は大人でいなくてはならなかった。いつまでも後先を考えない無謀な生き方をする人間では、彩葉と対等に話すことができない気がした。

何か守るものができた時、人は少し大人にならなければいけなくなるのかもしれない。そういえば、まだ若かった頃に大人からそんな話をされたことがあった。向こう見ずな若さから卒業して、大人になる日が来る。当時はぴんと来なかったが、今はその言葉が少しだけ理解できる。

「わかった。約束する」

それまで、スマホをいじりながら話していた彩葉が、起き上がって俺を見た。複雑な表情に見える。目には不信感が見て取れた。

「嘘つき」

「嘘はついてない」

「話も聞いてないのに、助けられるかどうかわからないでしょ」

「それはそうだろうけどな、話を聞かないことには先に進まねえんだ」

　彩葉は口を尖らせたまま、またスマホに目を落とした。しばらく俺を無視するように指先をくるくると動かしていたが、やがて布団の上に放り捨てると、不機嫌そうにため息をついた。

「なにを話せばいいの」

「彩葉の親父さんは、どういう仕事をしていたんだ？」

「よくわかんない。彩葉が小っちゃい頃はもっと都会にいたけど、こっちに引っ越してきて、なんかいろいろやってたと思う」

「いろいろ？」

「キダちゃんみたいにさ、よく夜に家を出て行ったよ。たぶん、あんまりいい仕事はしてない」

「誰かに脅されていなかったか」

「変な男の人たちがよく家に来てた」

「誰だ？　知ってるやつか」

「わかんないけど、雰囲気が普通じゃない感じ」

「普通じゃない？」

「ガラが悪いって言うか、怖かった」

なるほどな、と、俺は頷き、本題に切り込む。

「最初、両親が殺された、って言ってたな」

「うん、その」

「その？」

「見たわけじゃないけど」

「殺す、と脅されてたわけか」

「うん。言うことを聞かないなら殺す、みたいな。ああいうのを持ってる人もいた」

彩葉が、人差し指と親指を立てる。

「両親の名前は言えないのか」

「言えない。言ったら、キダちゃんもあのおじさんも、助けてくれなくなるんでしょ。今は、彩葉がどこの誰なのかわからないから助けてくれてるだけで」

そうだろうな、と俺は頷く。

「でもな、いずれバレるぞ。川畑さんが本腰を入れて調べれば、情報はすぐ集まってくる」

「そんなこと言われてもさ」

「学校だって、彩葉がずっと行かなかったら騒ぎ出すだろ」

「それはない」

「ない？　なんでだ」

「学校、行ってなかったから」

「行ってない？　不登校か。いつからだ？」

「もうずっと。二年生の時くらいからかな」

「イジメか？」

「ううん。そういうんじゃない。学校が合わないだけ」

どうりで、少女が行方不明になったというニュースが出てこないわけだ、と納得する。親も一般的な仕事をしていないのだとしたら、俺と同じように、あまり周囲との付き合いもないだろう。あの川畑が身元を割り出すのにてこずるのも頷ける。

「彩葉」

「なに？」

「これは人から聞いた話だが、この辺りで殺人を犯すような人間はそう多くないそうだ。バレたらすぐ捕まるからな。割に合わないんだろう」

「そうなんだ。しらないけど」

「ただ、一人だけ、殺人でも何でも平気でやる男がいるらしい。井戸、という名前だ。

聞き覚えはないか？」

返答を待つまでもなく、彩葉の顔色が見る間に変わった。俺が無言で自分の髪の毛を両手で撫でつけ、オールバックのようにすると、彩葉も同じように自分の髪の毛を両手で押さえつけ、でこを出した。

「そんな名前だったかも」

「そうか」

室内に、重苦しい空気が立ち込める。まだ確証を持てたわけではないが、彩葉の両親に脅しをかけていたのは、あの井戸という男の可能性はある。だとしたら厄介だな、と俺は思った。「ミルキー・ミルキー」で数分向かい合っただけの印象だが、すんなりと交渉に応じるような男には見えなかった。おそらくは、こちらも相手の弱みになるようなものを握って、交換条件に持ち込むしかないだろう。

「無理しなくていいよ、別に」

俺が考え込んだせいか、またスマホをいじりながら彩葉がそう呟いた。

彩葉に何かあったところで、俺の世界はきっと彩葉と会う前に戻るだけだ。大きく変わることはないだろう。助ける義理もなく、助けるメリットもない。川畑が早く問題を解決し、彩葉を「本来いるべき場所」に戻してくれれば、俺は責任から解放される。面倒臭そうだし、俺には関係ないな、と言ってしまうことができれば楽だったのかもしれないが、どういうわけか、俺にはそうすることができなかった。子供の前でいいカッコをしたかったというわけでもないだろう。ただ、「誰かのために何かをする」は、もはや理屈ではないのだ。

「なんとかするさ」

俺の言葉に、彩葉はあまり反応を見せなかった。俺は井戸の顔を思い浮かべつつ、「なんとかする」の難しさを嚙みしめる。

交渉屋(3)

「次はじゃあ、スーパーでお夕飯の材料を買っていきましょうか」

「あ、ああ、悪《わり》ぃけど、俺は外で待ってる」

佐々木《ささき》の一言に妻は少し表情を硬くしたように見えたが、笑顔は崩さず、特に反論することもなかった。子供を連れてスーパーの店内に入っていく妻の後ろ姿を見ながら、佐々木はどうしようもない苛立《いらだ》ちを感じる。

駅前の一角にある、安スーパー。庶民たちが群がり、投げ売りのような価格の商品をあさましく取り合っている。見ているだけで気が滅入《めい》る、と佐々木は思う。

十年ほど前までは、佐々木は別世界に住んでいた。

自身が経営していた「マキシマム・フード・サービス」は都内の繁華街数ヶ所に店舗を持つ外食系企業で、店も資産家や芸能人が集まるような高級店だった。佐々木自身もタワーマンションの高層階に居を構え、年収も億を軽く超えていた。交友関係も派手で、仕事の後は毎晩のように飲み歩き、女にも事欠かなかった。人気モデルと結婚前提で交際し、隠れて数名の愛人も囲っていた。間違いなく、人生の絶頂期だった。

それが今や、地方の安い築古《ちくふる》の借家に住み、会社を潰した時の多額の負債を抱えながら、しょうもない客しか来ない場末の繁華街で職を転々とするような体《てい》たらくだ。ここ数年は、違法風俗店の経営で糊口《ここう》をしのいでいる。高級店でのディナーなど遠い昔の話で、月に一度の贅沢は回転寿司だ。

今の妻は、佐々木が絶頂期の頃、「たまには地味な女にも手を出したい」などと見下しながら囲った女だった。妻、とは言っているが、正式に籍は入れていない。所謂内縁状態で、できた子供も認知していない。自分とは釣り合わないはずの女と籍を入れてしまったら、その時点で没落した人生を受け入れてしまうことになる気がする。佐々木は生活のために女の稼ぎをあてにしながらも、籍を入れることは頑《かたく》なに拒絶した。再起したらさっさと同居を解消して、いい女と結婚すればいい。そう思いながら、もう十年も内縁の妻と一緒に生活をしている。

俺の人生は、どこで狂ったのか。

そう思う度、腹の底から怒りがふつふつと湧いてくる。

佐々木はスーパーの脇に佇みながら、ある一点を睨みつけていた。通り一本隔てた向こう側、古い商店街の外れ。飲食店の看板に埋もれた、雑居ビルの小さな入口が見える。おそらく、隣で店をやっている人間でさえ、ビルがあることなど気にもかけていないだろう。そこに、佐々木の人生を狂わせた張本人がいる。

苛立つ心を抑えようと、佐々木が加熱式タバコを咥えた時だった。自転車に乗る主婦たちを蹴散らすようにして、黒いセダンが狭苦しい道に入り込んできた。助手席はおろか、フロントガラスまで真っ黒のフルスモーク仕様で、一目で一般人の車ではないとわかる。

後部座席の窓が開いて、乗っていた人間が顔を出した。人を威圧するダークスーツと、いつもと同じオールバックのヘアスタイル。佐々木の体が、ぐっと硬直する。

「誰かと思ったら、佐々木さんじゃない」

「あ、ああ」

井戸茂人。

井戸とは若い頃に少しだけ関わりがあっただけで継続した付き合いがあるというわけではないが、会えば話す程度の距離感ではある。ただ、佐々木にとっては今一番会いたくない人間の一人だ。

「こんなとこでヤニ休憩?」

「いや、まあ、別に」

佐々木が会社経営の絶頂にあった頃、井戸はまだ地元のチンピラに過ぎなかった。現金で財布をパンパンに膨らませて「凱旋《がいせん》」してきた佐々木は、その度に今どき儲《もう》からない暴力団で汚れ仕事ばかりやらされている井戸を嘲笑していた。だが、十年経って、その立場は完全に逆転している。佐々木がどん底の生活で喘《あえ》いでいる間に、井戸は街中から金を吸い上げるシステムを着実に構築し、荒稼ぎをしていたのだ。

　この小さな繁華街から再起をはかろうとしている佐々木には、街の裏側にある井戸の存在感の大きさはダイレクトに感じ取ることができた。きっと井戸は、落ちぶれた佐々木を見て、内心嘲笑《あざわら》っていることだろう。

「どうすか、最近」

　早くどこかに行け、という佐々木の思いに反して、井戸は車を降り、佐々木の隣に並んで煙草を口に咥えた。往来のど真ん中に車を停めたまま、運転席からスキンヘッドの男が降りてきて、井戸の煙草にすばやく火を点ける。その異様な雰囲気のせいか、「邪魔だ」と言ってくる通行人は一人もいなかった。みな、顔を曇らせながら、脇に避《よ》けていく。

「まあ、ぼちぼち」

「そりゃよかった」

　上手くいっていないことなど見ればわかるだろう、と声を荒らげたくなるが、ぐっと我慢する。この世界では、金を持っている人間が正義なのだ。

「そういや佐々木さんね、ちょっとしたビジネスがあるんだけど、乗らない？」

「ビジネス？」

「聞きたいでしょ？」

ビジネス、と聞いて、佐々木の頭がぐるぐると動き出す。井戸のやることだ。どうせろくなことではないだろう。だが、それでも儲かるのなら話を聞く価値はある。佐々木は、前のめりになりそうになるのを抑えながら、どんな？　と聞き返した。

「今ね、駅前の再開発の話、進んでるんだけど」

「ああ、もちろん知ってる」

駅前の再開発は、前市長の頃から推進されている、この辺りでは過去三十年で最大のプロジェクトだ。駅前を一度すべて更地にして高層ビルやマンションを建て、副都心化する計画だという。当然、多額の金が動く。

「ウチもね、それに嚙んでいこうと思ってて」

「今どき、暴力団なんか入り込めないだろう」

どこの地域でも、これほどのプロジェクトとなると、地域の警察と行政が連携して暴力団を排除しようとする。解体工事からビルやマンションの建設、その後の権利分配に至るまで、暴力団は徹底排除されるはずだ。

「ウチは一応、一般企業なんだよ。でもまあ、確かに目をつけられてはいるからな。だから、もう一個会社を立ち上げようかと思ってね」

「フロント企業の、フロント企業ってことか？」

井戸は笑いながら、そういうこと、と頷く。

「でね、その会社の経営者を探してるってわけ」

「それを、俺が？」

「そう。ウチはね、実は結構、再開発地区の土地の権利持ってんだよ。なんで、新しい会社に権利を渡すから、地権者としてプロジェクトに食い込んでほしいわけ。まあ、そんなのバカには任せられないんで佐々木さんなら経営の経験もあるし、適任だろ？」

それに、こういうの嫌いじゃないよね？　と、井戸は嫌らしい笑みを浮かべた。佐々木の頭の中で、さっそく計算が始まる。井戸の操り人形になるのは不本意だが、取り分によっては借金返済と再起への資金になる。

「そんなに簡単にいくか？」

「大丈夫。もちろん」

「随分自信があるみたいだな」

佐々木が半笑いでそう言うと、井戸は煙を吐き出しながら体を寄せ、声のボリュームをぐっと落とした。

「キーマンをね、押さえたから」

「キーマン？」

「市長だよ、市長」

市長？　と、佐々木は驚いて聞き返した。現市長は暴力団排除を公約に掲げて当選した男だ。これまでも、強引ともいえるやり方で繁華街から暴力団を締め出そうとしてきた。かつてはこの辺りの顔であったはずの組が解散を装い、ＴＸＥなどというふざけた名前に看板を付け替えなくてはならなくなったのも、現市長による締めつけがきつくなったからだ。

「お前まさか」

「別に無茶するつもりはねえよ。ちょっとね、交渉をしようと」

「交渉、って、話になるような相手には見えないが」

「まあ、話は聞いていただくことになるんだよ」

何か弱みを握ったな、と、佐々木は直感した。よくよく話を聞けば、井戸は現市長が児童買春をした証拠を握っているのだという。井戸のテリトリーで買春などする市長もバカだが、相手が未成年だったのは、おそらくハメられたのだろう。いずれにせよ、そんな情報が公になれば辞任どころか逮捕は避けられない。市長も、井戸の話を聞かざるを得なくなるだろう。

「よくそんな情報を押さえたな」

「なんだ、こういうやり方を俺に教えたのは佐々木さんだろ？」

「俺が？」

「夜の街を支配したいなら、人の三大欲求を支配しろ、ってさ」

あ、と、佐々木は間の抜けた声を漏らした。人の三大欲求を支配しろ。確かに、絶頂だった頃の佐々木は、そんなことを周囲に言いまわっていた。それは当時、佐々木の後ろ盾《パトロン》になっていた安藤《あんどう》という人間の言葉だった。要は、人の受け売りだ。

安藤は表向き、首都圏を中心に多くの飲食店を展開する実業家だったが、その裏で夜の繁華街を拠点に、反社から政界にまで顔が利くような「大物」だった。佐々木が安藤と出会ったのは、偶然だ。この街の出身である安藤は、県道四十六号線を山の方に上っていった別荘地に別邸を持っていた。ある日、佐々木が経営していたナイトクラブに、別邸で休暇を過ごしていた安藤が訪れた。佐々木はそこで安藤に取り入り、援助を受けて都会の夜の街に進出することになったのだ。

三大欲求を支配しろ、という台詞は、その安藤からことあるごとに聞かされた。三大欲求とは、食欲、性欲、睡眠欲の三つだ。つまり、食欲とは飲食店、性欲とは風俗店、睡眠欲とはラブホテルのことを指している。佐々木は、人の欲望のはけ口となる業種は儲かる、という程度の意味として捉えていたが、井戸は言葉通りに受け取り、「三大欲求」を押さえて、繁華街に渦巻く人の欲望を支配しようとしていたのかもしれない。

「課長、出て来ました」

スキンヘッド男が、佐々木と井戸の会話に割って入ってくる。男の視線の先には、今まさに雑居ビルから出てきた大柄な男がいた。佐々木の心臓がぎゅっと縮む。

——交渉屋。

順風満帆だった佐々木の人生を狂わせたのは、あの男だ。

ある夜、佐々木のマンションに忍び込んできた「交渉屋」を名乗る男は、「交際中の女と別れろ」と無茶な交渉を持ちかけ、銃を突きつけてきた。無茶とは思いながらも、セキュリティ完備のマンションを簡単に突破されたことと、銃を持つ男の目の色に恐怖した佐々木は、当時交際していた有名モデルの女と別れざるを得なかった。

だが、その女は、佐々木のパトロンである安藤の娘だった。

わずか数年で上り詰めた分、下り坂も激しかった。娘と別れたことを自分への反逆行為とみなした安藤は、憎さ百倍とばかり、佐々木を徹底的に潰しにかかった。結果、佐々木の会社はあっという間に倒産し、生活は地に落ちた。

「おい、知ってるのか、あいつを」

「佐々木さんも知ってんの？　交渉屋の澤田マコト」

「澤田マコト？」

「そう。違うのか？」

なるほど、あいつは今そう名乗っているのか、と、佐々木は舌打ちをする。男が佐々木のマンションに「交渉」しに来た時の記憶が、はっきりと蘇《よみがえ》ってくる。不法侵入をしているというのに、男は興奮する様子もなく、事もなげに自分の名を名乗った。偽名であれば、名乗る必要はなかった。あれはきっと、本名だったはずだ。

「あいつは、そんな名前じゃない」

「なんだって？」

「キダだ。お城の城に田んぼの田で、城田《きだ》」

井戸が少し表情を変えて、佐々木を見る。

「なんか、訳あり？」

「まあな」

もう五年前のことだが、既に佐々木を見放したはずの安藤から急に連絡があった。用件はシンプルに、「キダを殺せ」というものだ。何故安藤がキダを殺そうとしたのかは知らされなかったが、理由はどうでもよかった。キダを殺せばもう一度援助してやる、という安藤の言葉を信じて、佐々木は腹を括《くく》った。安藤がキダを誘い出し、佐々木は歩いているキダを車で轢《ひ》き殺すことになった。

佐々木は用意された黒のステーションワゴンに乗り、予定通り、人気《ひとけ》のない道を歩いていたキダに猛スピードで突っ込んだ。今までに味わったことのない衝撃とともに、車のフロントに激突したキダは数メートル吹き飛び、路上に倒れたまま動かなくなっていた。どう見ても即死だった。

佐々木は人を殺したという興奮状態で車を降りたが、死体を見た瞬間、全身から血の気が引いた。倒れていたのは、かつて見たキダとは似ても似つかない男だったのだ。

どこの誰かもわからない「キダ」は事故死として処理され、佐々木に殺人の疑いがかけられることはなかった。本物のキダはおそらく、安藤が自分の命を狙うことを想定していたのだ。後で知ったことだが、個人の「ＩＤ」は裏社会で売買され、名前を変えなければならない人間が買っていくのだという。その多くは、犯罪者や裏稼業を生業とする人間だ。佐々木が轢き殺した「キダ」も、大方、ＩＤを買って別人になりすまそうとした、ろくでもない犯罪者だったのだろう。

それから五年、佐々木は繁華街で地べたを這いずりながら、本当のキダの行方を追った。やがて、この街には裏で蠢く人間がいることを知り、キダは川畑という男が飼っていることも突き止めた。

だが、ようやくキダに迫ったところで、肝心の安藤が脳出血を起こして倒れた。あれほど権力を誇った男の終焉《しゅうえん》は、あっけないものだった。どうやらもう再起不能であるようで、別邸で死を待つばかりの状態になっていると聞く。

　今なら、キダを殺して積年の恨みを晴らすこともできるかもしれない。だが、もはや殺人を犯すほどのメリットもなくなってしまった。安藤は既に影響力を失い、キダを殺したところで、金も、あの頃の生活も戻ってくるわけではない。佐々木の執念と、キダに対する恨みは行き所を失った。

「キダっていうのか、あいつ。どうりで澤田って顔してねえと思ってた」

「あいつをどうするんだ。殺すのか」

「あのビルごと爆破してやるか。ほら、五年くらい前に、爆弾でホテルの部屋吹っ飛ばしたやついただろ。あんな風にな」

「課長、それは少し考えものです」

　スキンヘッドが、言葉を選びながら井戸に意見する。井戸はサングラスをずらして、

「なんでだよ」と呟いた。声のトーンががらりと変わる。これが井戸という男の本性なのだと思わせる変わりようだ。

「川畑といえば、武器調達で有名なやつですよ。ウチも結構仕入れていますから、吹っ飛ばすのはマズいです」

　最近のヤクザは、模造拳銃どころか、突撃銃やロケットランチャーのような軍用兵器

を当たり前のように持っている。なるほど、ああいうところから調達するのか、と佐々木は一人で納得した。

「あの交渉屋となんかあったのか」

「あったなんてもんじゃねえんだ。邪魔くせえことしやがって」

「まあ、人の邪魔をするのが仕事ってやつだからな」

「こっちは、ビッグプロジェクトが控えてるもんでね。またあいつに首を突っ込まれるわけにはいかねえんだよ」

どうにかしねえとな、と、井戸が呟く。井戸の「どうにかする」は、もちろん平和な意味ではないだろう。

「あいつをなんとかするなら、少し協力できるかもしれない」

「そりゃ頼もしいや。今度、いろいろ話でもしようよ」

井戸は少し小声になると、佐々木の背後に目を遣った。佐々木が振り返ると、レジ袋をぶら下げた地味顔の妻が、子供の手を引きながら様子を窺うようにこちらを見ていた。佐々木は思わず舌打ちをする。

「わかった」

「じゃあ佐々木さん、後で連絡するよ」

笑う井戸を見て、心がまた冷えていく。妻子の姿に、無理矢理現実へと引き戻されたような気になった。どちらの世界が、本当の現実なのだろう。あの日、「キダ」を轢き殺した瞬間から、佐々木の世界は二つに割れてしまったようだった。

夕暮れの海と約束のリズム

1

「ねえ、キダちゃん」

「なんだ」

「いつ終わるの、それ」

アパート前の駐車場で車のボンネットを開け、中をあちこち弄《いじ》り回していると、しびれを切らしたのか、傍らで見ていた彩葉が不満そうな声を上げた。

「もうすぐだ」

「あと何分？」

「それはちょっとわからない」

彩葉との共同生活ももうじき半月になろうとしている。家の中に閉じこもりきりの彩葉にも疲れの色が見え始め、俺も人と生活することに慣れていないせいか、つまらないことで衝突することが増えてきた。

とはいえ、彩葉との信頼関係が崩れれば、なおのこと同居が地獄と化す。俺は彩葉との関係改善をすべく、「どこかに出かけようか」と何気なく誘ってみたのだが、それに対する彩葉の食いつきは想像以上に凄《すさ》まじかった。「行く！」という言葉とともに一瞬で変わった目の色に、俺は恐怖感を覚えたほどだ。

スマホをせわしなく操作した彩葉が真っ先に提案してきたのは、丘の上にある遊園地だった。昔から印象的なローカルＣＭがよく流れていたし、市街地中心部から大観覧車が見えることもあって、俺も名前は知っている。だが、俺はその提案を全力で拒否した。ビビリの俺にとっては遊園地など拷問《ごうもん》部屋とそう変わりない。日常生活ではあり得ない動きをする乗り物に乗せられたり、暗がりの中にわざわざ踏み込んでいって脅かされたり、命がいくつあっても足りない。学生の頃、俺は「どんなことがあっても遊園地には行かない」と、固く誓ったのだ。

俺が断固拒否の姿勢を見せると、彩葉も応戦の構えを取った。この世界で大人と子供が一緒に楽しめる場所は遊園地をおいて他にない、というのが彩葉の主張だ。子供でも乗れる乗り物に大人がビビって乗れないとは何事か、という説教もされたが、俺はそれでも拒否し続けた。最後は、費用を負担する側の強権を使って、だめなものはだめだ、と彩葉の主張を踏みつけたのだ。大人げないことこの上ない。

このまま言い争いになっては本末転倒だ、と思った矢先に、彩葉が譲歩案を出してきた。では水族館ならどうか？　というものだ。俺は基本的に生き物も苦手ではあるが、水族館ならば相手は水槽の中だし、ゆったりと見て回ればいいだけだ。それならばとOKを出したのだった。交渉は成立し、俺は彩葉と握手をして和解した。

彩葉のスマホから送られてきた地図を見ると、水族館は市中心部からは離れた海沿いにあるようだった。あんなところに水族館があったか？　と思ったが、どうやら比較的最近できた新しい施設のようだ。彩葉が誰に狙われているのかわからない以上、公共の交通機関を使うのは危険だ。車に乗って出かけるのは五年ぶりだが、俺はナンバープレートを偽装した廃車寸前の車を川畑から借り受け、早朝から工具を持ち出して一通りの整備をしていた。俺だけが乗るならどんな状態でも走ればいいが、同乗者がいるとなるとさすがに気を遣う。

「ほんとに動くの？　このボロ車」

「大丈夫だ」

「整備って、一人でできるもの？」

「まあ、昔こういう仕事をしていたからな」

ボンネットを閉め、運転席に乗り込んでエンジンをかけると、瀕死だった車が息を吹き返す。彩葉が、すぐさま助手席に乗り込んでくる。俺は工具と汚れたツナギを車のトランクに放り込み、用意していたきれいな服に着替え、改めて運転席に乗り込んだ。エアコンの臭いがやや気になるが、窓を開けて走れば今日一日くらいは大丈夫だろう。

「変な仕事をしなくても、ちゃんと手に職あるんじゃん」

「どこか雇ってくれるところがあればな」

シートベルトを締め、サイドブレーキを解除してアクセルを踏む。車がゆるゆると動き出すと、彩葉が珍しくスマホをバッグの中にしまった。

「出発！」

何故か偉そうに指示を出す彩葉に従って、車は公道に出る。平日の朝、通勤や登校の時間は過ぎて、道には誰もいない。事故にだけは気をつけようと緊張しながら、徐々にスピードを上げていく。最初はやや落ち着かない様子だった車も、走るうちに滑らかさを取り戻していった。

県道四十六号線から、海側に向かう。途中、交差点で交わる他の道に入ってしばらく車を走らせると、海沿いを走る列車と並走することになる。彩葉は窓を開け、顔を少し覗かせて風を受けていた。襟のところで切りそろえた、おかっぱ頭。イマドキはショートボブと言うらしい。普段は眉毛まで覆い隠している前髪が風で舞い上がり、彩葉の素顔が露《あら》わになっていた。大人びているような、子供らしいような。

「あんまり顔を出すな。危ねえぞ」

「危なくないよ、別に」

「いいから、言うことを聞いてちゃんと座れ」

彩葉がしぶしぶといった様子でシートに座り直す。その隙に、俺は助手席側の窓を半分ほど閉めた。車の中に流れ込んでくる空気の量が減って、風の音が少しだけ遠くなる。

「ねえ、キダちゃんはさ、たまにこうやって誰かと出かけたりするの？」

「いや、正直、最後に誰かと出かけたのがいつだったか、思い出せないくらいだな」

「友達いないわけ？」

「今は、友達と呼べるような人はいないな」

「昔はいたの？」

「昔は、それなりに」

「マコトって人？」

「そうだな。あいつは、一番仲が良かった」

俺の頭の中に、ロケット花火を手に「ドッキリだ」と誇らしげに胸を張る子供の顔が浮かんで、すぐに消えた。

「そうなんだ」

「マコトは幼馴染みだ。俺がこの辺りに引っ越して来た時、初めて喋ったやつだった」

「他にもいたの？」

「ヨッチという女子がいた。気が強くて、よく尻を蹴られた」

「楽しそうじゃん」

「あとは、高校の時、野球部で一緒だったコジケン。俺はキャッチャーで、そいつはピッチャーだった。球は速いがコントロールが悪いやつで、捕るのが一苦労だった」

「へえ。野球なんかやってたんだ」

「そのコジケンの彼女がミチルで、ヨッチの高校の友達がコンちゃん、そして俺とマコトが働いていた車の修理屋で事務をやっていたのがサエキ。まあ、友達と呼んでいたのはそれくらいだな」

「結構いるじゃん。今は？」

　俺は進行方向に目を向けたまま、静かに首を横に振る。

「みんな、バラけた。大人になって、それぞれの道に分かれていった」

「マコトって人も？」

「そうだ」

「そっか」

「彩葉はどうなんだ」

「言ったじゃん。学校に行ってないんだから、友達なんかいないよ」

「さみしくないか？」

「さびしい？」

「さびしい、じゃない。さみしい、だ」

「同じじゃん」

「ちょっと違うんだよ」

意味わからない、と答えながらも、彩葉は少し考えるような顔を見せた。

「別に、さみしいと思ったことなんかないよ」

「そうか」

「ダメなの？」

「別にダメだとは言っていない」

「だいたいさ、生きていくのに、友達なんて必要？」

「正直に言えば、友達がいなくても俺は生きていけている。生きていくことに必要なものではないんだろうが、いたほうが人生は充実する」

「じゃあ、なんでキダちゃんは友達と離れたわけ？」

「俺は――」

少し間を取って、言葉を選ぶ。今に至る人生が頭の中に渦巻いてきて言葉を失った、と言う方が正しかったかもしれない。

「捨てたのさ」

「捨てた？」

「名前を変えた、って言っただろう」

「うん。似合わない名前に」

「俺はその時、それまでの俺を捨てたんだ。人生ごとな。俺は俺であることをやめて、人生をリセットしようとした」

「どうして？」

「生きるために仕方なかった。でも、たぶんそれだけじゃなかったな。きっと、自分の人生に価値がないと思っていたんだ」

「なんで？」

「思った通りにいかなかったからだ。俺は、甲子園《こうしえん》に出て部活を華々しく引退して、高校卒業後は小さな会社で働いて、たまにファミレスで飯を食うくらいの生活をするつもりだった」

「夢があるようなないような」

「でも、まあ上手くはいかなかった。結局、自分の世界が壊れていくのを止められなかったのさ。それで、名前を変えて、違う人間としてやり直そうとした」

もし、人生の岐路で違う選択をしていたら、おそらく、今とは別の世界に俺はいたのだろう。この車にも仲間たちが乗っていて、年甲斐《としがい》もなくわいわいとはしゃいでいたのかもしれない。

「なんか、話が小難しくなってきたよ」

「それは悪かった」

「せっかくお出かけなんだからさあ」

俺は少し笑い、そうだったな、と頷いた。

「つまりさ、キダちゃんはさみしいんでしょ？」

「俺がか？」

「他に誰がいんの」

そうか、俺はさみしいのか、と、頭の中に彩葉の言葉がするりと滑り込んでくる。自分の部屋に閉じこもっている時間も、誰かと言葉を交わすことなく過ごすことも、別段苦痛だと思ったことはないのだが。

それでも、俺はさみしかったのかもしれない。


「だからさあ、彩葉がキダちゃんの友達になればいいんだよ」

俺は呆《ほう》けた声を出しながら、彩葉を見た。すかさず、前見ないと危ないよ、と先程のお返しを喰らって前を向く。

「友達、って、何歳離れてると思ってんだ」

「別に、歳なんか関係なくない？」

「あるだろ」

「なんで？」

「なんでって」

「じゃあさ、キダちゃんにとって彩葉はなんなの？」

「何って言われてもな」

「寄生虫？　お邪魔虫？　厄介者？」

「そんな風には思っていない」

「じゃあ、友達でいいでしょ。やなの？」

嫌だとは言っていない、と、俺は首を横に振る。嫌だと思っていないのは事実だが、友達だ、などと言っていいものかどうかはわからなかった。親子ほどの年齢差があることもそうだが、彩葉は裏稼業を生業とする人間を友達などと呼んではいけない、という気がしたのだ。

だが、意識を半分運転に持っていかれているせいか、俺は彩葉に押されて受け身になりっぱなしだった。彩葉はそのまま俺の言葉をねじ伏せ、「キダちゃんと彩葉は友達」という結論を認めろ、と迫ってきた。

「友達、なあ」

「いいの。今日は友達同士で水族館に遊びに行くの」

いいよね？　と鼻息を荒くする彩葉に、俺は「わかったよ」と服従する。

2

謀《はか》ったな彩葉──。


水族館に着き、駐車場に車を停めて外に出る。俺は、目の前にそびえたつ巨塔を見上げて唇を噛んだ。塔からはゴンドラのようなものが滑り降りてきて、その度に人の悲鳴が辺り一帯に響き渡る。まぎれもない、絶叫マシン、というものだ。彩葉に目を向ける。彩葉は俺から目を逸らし、肩を震わせて笑っている。

「嘘をついたな」

「嘘はついてないじゃん。水族館だもん」

ただし、遊園地が併設の。

水族館と聞いて、俺は字のイメージそのものの場所を想像していたのだが、彩葉が提案してきたのは、どうやら「海がテーマのアミューズメントパーク」と表現した方が正しい施設のようだった。彩葉のスマホから送られてきたのは所在地の地図だけで、俺は「水族館」という言葉の先入観にとらわれて油断していた。確かに、遊園地と比べればアトラクションは少ないし、メインの施設は水族館だが、数の問題ではない。

「ねえ、早く行こうよ」

「あれには乗らないからな」

「何言ってんの。フリーパス買うんだから、乗らないと損だよ」

「フリーパスを買うとは言っていない」

「ダメダメ。こういうところではフリーパスを買わないと全力で遊べないでしょ」

ほら行くよ、と、彩葉が走り出す。俺が再び悲鳴とともに落ちてくるゴンドラを見上げて戦慄していると、戻ってきた彩葉が俺の服の裾を引っ摑み、無理矢理券売所に連行した。

結局俺は、「水族館・アトラクション全利用可」の一日フリーパスを「大人一枚」「小・中学生一枚」買わされ、彩葉に尻を叩かれながら園内に入った。彩葉は俺の首を真綿で絞めるつもりか、「最初は水族館ね」と、にやにや笑った。

いろいろな水槽が並ぶ館内は、平日であるせいか、客の数はさほど多くない。大学生くらいのカップルや親子連れをちらほらと見かけるくらいだ。両親が小さな子を挟むようにして手を繋いでいる光景は、心が和む。いつもはそれが違う世界にある存在のように見えていたが、彩葉と並んで水族館を歩いている自分は周囲からどう見えているのだろうか。少なくとも見た感じは、他の世界の住人と大きな差はないように思う。

「ねえキダちゃん、見て見て。チンアナゴ、超かわいいよ」

「チンアナゴ？」

彩葉が指さす方を向くと、大規模な施設のわりにはこぢんまりとした水槽の中に、不思議な生き物がいるのが見えた。ミミズのように細長い体。水槽の中を泳ぎまわることもなく、水槽の底に敷かれた砂に尾の部分を突っ込んで直立し、海藻《かいそう》のようにふよふよと揺れている。

「魚なのか？　これも」

「そうだよ。アナゴの仲間。あ、お寿司食べないんだっけ」

「あまり食わないが、穴子くらいはさすがに知ってる」

「あっちは美味《おい》しいけど、チンアナゴはかわいいね」

「なんでチン、なんだ？　珍しいから珍アナゴか」

「違うよ。チンていう犬に顔が似てるから」

「そもそも、チンという種類の犬がいるのか」

「そういう犬もいるの。いちいちめんどくさいなあ」

「それは、悪かった」

「彩葉さ、ずっと生でチンアナゴ見たかったから嬉しいんだけど、メンダコはいないみたい。見たかったのにな」

「メンダコ？　タコなのか？」

「そう。深海にすんでて、耳がついててかわいいんだよ」

俺は軟体八本足のタコに猫のような耳が生えた生物を想像したが、それがかわいい、とはとても思えなかった。おそらく、彩葉の言うタコはまったく違う見た目なのだろうが、俺の貧困な想像力では「かわいいタコ」を思い描くことが難しい。

「初めて聞くな、そんなタコ」

「何も知らないねえ、キダちゃんは」

「彩葉は、よく知ってるな」

「まあね。家で生き物図鑑見るの好きだったからね」

そうか、と俺は呟く。かわいいタコを想像することはできなかったが、学校に行かず、家で一人図鑑を広げる彩葉の背中は、なんとなく想像ができた。

彩葉が、チンアナゴの水槽に近づく。海藻のようにふよふよとしていたチンアナゴたちが、一斉に砂の中に潜る。なるほど、こいつらも結構なビビリか、と思うと、少し親近感が湧く。

突然の大型生物接近に驚いて砂に潜っていたチンアナゴたちは、やがて砂の中から顔を出し、きょろきょろと辺りを見回しながら、体を伸ばしたり引っ込めたりし出した。いきなり驚かされて、しばらく人間不信に陥る気持ちは俺にもよくわかる。急におかしさが込み上げてきて、俺は軽く噴き出した。俺が笑ったのに驚いたのか、チンアナゴたちがまた一斉に砂に潜る。

水槽を食い入るように見ていた彩葉が、ゆっくりと俺に顔を向けた。邪魔しないでよ、と文句を言われるのかと思ったが、彩葉はまた例のにやにや笑いを浮かべるだけだった。

「キダちゃんさ、初めて笑ったよね」

「初めて？　そんなことないだろう」

「そんなことあるよ。いっつもさ、笑っても、へっ、苦笑、みたいな感じだったもん。ちゃんと笑ったのは初めてだよ」

「そうか？」

そうか。俺は自分の顔を撫でながら、笑顔、という表情には確かに馴染みがない、と思った。いつからだろう。きっと、随分昔からだ。楽しい、とか、嬉しい、という感情がないわけではないが、それをどう表現すればいいのかはよくわからない。

「変か？」

「変じゃないよ。普通笑うでしょ。人間なんだから」

「まあ、そうか。そうだな」

「それよりさ、キダちゃんあっち。大水槽だよ！　行こ！」

早足で展示室の奥に向かう彩葉を見失わないように、俺も大股で歩く。それまでの小さな水槽が並ぶエリアを抜けると、急に広い空間へ出た。薄暗かった視界が、光に包まれて真っ白になる。

「おい、あんまり急ぐなよ、危ねえから」

「ねえ、キダちゃん、すごいよこれ」

彩葉の横に立ち、正面を見る。そこには、海そのものがあった。俺の背丈の三倍はあろうかという巨大な曲面ガラスの向こうに、異世界が広がっている。ごつごつとした岩の転がる海底。群れをなして泳ぐ無数の魚。天窓から差し込む光がゆらゆらと揺れて、カーテンのように見えた。

「青くてきれいだね」

「そう、だな」

青い。

俺は、目の前にある世界を見て、頭に浮かんでくる言葉をもう一度嚙み締めた。青い。空から差し込む光は白く、水は無色透明であるはずなのに、目の前には青い世界が広がっている。光の性質だとか、いくらでも理屈はあるのだろう。単純に、水槽の壁がその色なのかもしれない。ただ、俺にとって目の前の世界は、どんな理屈であれ、まぎれもなく青かった。

平日昼。水族館のメイン展示であろう大水槽の周囲にも、人は少ない。老年の夫婦と大学生くらいの集団が、ガラス面から少し離れたところで水槽を眺めている。水槽に近づくと、そんな数名の人間さえ、視界から消えた。どこまでも青い異世界と、何故ここにいるのかもわからない彩葉と俺が立っているだけだ。

「青いな」

俺が腹の底から言葉を漏らすと、彩葉は、なに当たり前のこと言ってんの、と呆れたように言った。海が青いのなんか、当たり前じゃん。

そう、それは当たり前のことなのだ。

俺と彩葉は、しばらく水槽の前に並んで青い世界をただ見つめていた。時間にすれば、数分だったのかもしれない。だが、俺はその数分の間だけ、何者でもない何かになった気分でいた。例えば、ふよふよと揺れるチンアナゴのような。

「ねえ、キダちゃん」

「うん?」

「行こうよ」

行く?　どこへ?

水槽のガラスを通り抜けて、向こう側の世界に行けるのだろうか。青い世界から俺を見ながら、行こう、と手招きする彩葉の姿が目に浮かんだ。

「行く？　どこへ？」

「決まってるよ。今日のメインイベント」

　地上百メートルからのフリーフォール！

　彩葉の言葉に、俺の前から青い世界は消《き》え失《う》せ、いつもの味気ない世界が戻ってきた。

地上百メートルからの、自由落下《フリーフォール》？　言葉の意味が呑み込めないまま、俺は「絶対に嫌だ」と首を横に振る。

3

　ハンバーガーセットを買って戻ってきた彩葉が、外のテラス席のテーブルに突っ伏す俺の前に座り、けらけらと笑う。俺は話す気力も起きずに、ただ笑われるがままになっている。

「ふわあ、って言ったね、キダちゃん」

「うるせえ」

　水族館という場所に何故設置されたのかわからないアトラクションは、地獄の一言だった。なんの工夫もなくそびえたつ一本の鉄塔に取りつけられたゴンドラに乗せられ、バーで固定されて自由を失い、そのまま百メートル上空まで引き上げられる。それだけでも充分な地獄だが、そこから地上まで有無を言わさず落っことされるのだ。

ゴンドラを固定するフックが外れる音がした瞬間、俺は、ふわあ、と情けない声を出し、内臓が浮き上がる不快感でそれ以降は声も出せないまま、一瞬の臨死体験を終了した。ようやく地面に足が着いた時、俺は顔をカチカチに固めたまま、セーフティバーに爪を立ててしがみついていた。キャッキャとはしゃぐ彩葉は、俺の顔を見るなり容赦なく爆笑した。

次のアトラクションへ！　と意気揚々と歩き出した彩葉だったが、俺がぐったりと萎れて歩く様子を見て哀れに思ったのか、「ランチにしようか」と苦笑いをした。休憩は助かるが、食欲など完全に失せた俺は、彩葉に金を渡し、フードコートで好きなものを買ってくるよう言って、完全にダウンしたのだった。

「そんなに怖かった？」

「怖いというか、意味がわからない」

「意味がわからないの意味がわかんない」

「あんな高いところから落ちるなんて、日常の世界では死ぬとき以外ありえないだろ？」

「まあ、そうかな」

「それを楽しいと思う感覚は俺にはねえんだよ」

「わかんないなあ。楽しいのに」

「だいたい、意味がないだろ？　高いところに昇って、落とされて元の場所に戻ってくるだけで。移動するわけでもないし、何かを生むわけでもないし」

「めんどくさいなあ、キダちゃんは。絶叫マシンに乗るのに意味なんかいらないでしょ。なんでもかんでも意味がないといけなくなったらさ、どんどんできること少なくなっちゃうじゃん。チンアナゴみたいに、エサを待ってふよふよ揺れるだけの人生になるよ」

「それは――」

「キダちゃんはさ、カッコつけてるだけなんだよ絶対。子供の前でギャー、なんて叫んだらカッコ悪い、とか思ってるでしょ？　でもさ、彩葉だって落ちる時怖いもん。怖いから、ギャー、って叫んで、そうするとなんかふわっとして、すっきりして、楽しくて笑えてくるんだけど」

「カッコ悪いというか、三十五のオッサンが叫んでたら見苦しいだろ」

「いいじゃん、別に見苦しくて。かわいいと思うけど」

かわいい、と、俺は思わずオウム返しをした。頭の中で耳の生えたタコが蠢いて、俺を嗤《わら》う。

「なんかさ、生きてるって気がしない？　心臓もバクバクするし、頬《ほ》っぺたもほかほかするしさ」

——生きてる、って感じ、するだろ？

——心臓がバクバクしてさ、顔とか手とか、熱くなってさ。

「いや、生きた心地がしねえよ。心臓は止まりそうになるし、顔からは血の気が引く」

ダメだこりゃ、と、彩葉は笑いながらハンバーガーを頬張る。鼻先にソースがついているのに、気づかずに話を続けている。俺はあんなものに乗ったところで生きているという実感は湧かないが、逆に生を実感する人間も確かにいるのだろう。いつも死んだ魚のような目でスマホばかりいじっている彩葉の目には光が戻ってきていて、口数も普段よりずっと多い。

「でもさ、キダちゃんはなんでそんなビビリなのかね」

「さあな。死にたくねえって思ってるからじゃねえか、と人に言われたことはあるけどな」

「死にたくないの？」

「どうだろうな。考えたことがない」

「死ぬのが怖い？」

かわいいタコを思い描くこともできない想像力で、俺は死を想像する。目の前に浮かんだのは、県道四十六号線の信号脇に手向けられた、萎《しな》びた花だ。

真冬の日、寒さに震えながらフードを目深に被り、押ボタンを押して信号を待つ。青信号に変わったのを見て、俺は横断歩道を渡り始める。その瞬間、急に耳障りな高音が響き渡る。俺が音の方向に目を向けると、もう既に、横滑りをした車が猛スピードで目前に迫ってきている。

感じたことのない衝撃とともに、俺の体は風に舞う木の葉のように弾《はじ》き飛《と》ばされ、道路に倒れ込む。立ち上がろうにも体には力が入らない。半分凍結したアスファルトの路面は容赦なく体温を奪い、流れ出ていく血とともに、俺の命の炎は弱々しくなっていく。

俺はその時、何を考えるのだろう。

だが、自分の死の間際を想像しようとしているのに、いつの間にか俺は呆然と道端に立ち尽くしていて、車に撥《は》ね飛《と》ばされた人間の死んでいく様子を眺めている。暗くて顔は見えないが、倒れているのは既に俺ではなくなっているのだ。

絶叫マシンに乗った時とは違う、静かで嫌な動悸《どうき》を感じて顔が引きつる。自分の死を想像しようとしても、俺の貧困な想像力はそれに追いつかない。俺が想像する「死」はいつも人の死だ。それ以上のことを考えようとすると、いらんところに足を踏み入れるな、と、心が警鐘を鳴らす。

思えば、俺はずっとそうだった。きっと両親が揃《そろ》って事故で死んだ時に、俺は「死」から距離を置いたのだ。「死」を考えようとすると、怖くて堪えられなくなる。両親の死という現実に近寄ろうとすると、悲しみで前を向けなくなる。その頃から、「俺」は俺ではなくなった。「俺」は、「斜め後ろから俺を眺める俺」になろうとしたのだ。

俺が必要以上にビビるのは、誰かが言うように、死を意識してしまうからかもしれない。肉体から距離を置いたはずの「俺」は、肉体が危険に晒されると無理矢理自分の体に引き戻されて、「俺」は俺だ、ということを思い知らされる。それが怖いのだ。人の死を受け入れて、自分の人生を生きること。多くの人間が正面から向き合っている「生と死」から、俺は逃げた。自分の主観を切り捨ててまで。

「彩葉は、死ぬのが怖くないのか」

「いや、怖いに決まってるじゃん。パパママのこと考えるしさ、彩葉だっていつ殺されるかわからないんだし」

ハンバーガーを平らげ、ポテトを咥えた彩葉の顔が、明らかに曇った。そうだよな、と、俺は自分の失言を後悔する。

「悪かった」

「今日はね、そういうの全部忘れることにしてるんだ。いっつもそういうことばっか考えちゃうからさ、今日は好きなお魚を見て、絶叫マシンでスリルを味わって、なんか頭空っぽにしたい」

浴槽の中で銃を持って震えている彩葉の姿が、目の前に浮かんだ。力もなく、金もなく、自分の身を守るものが何もない世界にたった一人で放り出されながらも、彩葉は死の恐怖に正面から立ち向かっている。かつて、両親の死から逃げようとした俺も、何も持たず、力もない子供だった。あの当時は、逃げたことが間違っていたわけではないだろうが、そこから三十年、逃げ続けた結果が今の俺だ。

「お腹いっぱい」

ずず、と音を立てながらドリンクを飲み干した彩葉は、満足そうに伸びをすると、園内マップを広げて、うーん、と唸り出した。アトラクションを指でなぞりながら、午後のルートを考えているようだ。アシカショーもあるし、でもこれも乗りたいし、などとぶつくさ言っている。

「次は、どこに行くんだ」

「アシカショーまで一時間くらいあるから、その間に一つか二つ行けちゃいそうなんだよね」

「そうか」

「次はやっぱ、ジェットコースターかなあ」

どれだ？　と俺がマップを覗き込むと、彩葉がこれ、と指を差す。山なりにうねったレールを駆け抜けるコースター。俺は顔を上げ、なるほどあれか、と、少し遠くにある建造物に目を向ける。見るだけで胃の辺りがぎゅっと縮む。

「あ、でも、キダちゃんはガチで無理そうだから乗らなくていいよ。ちょっと行ってくるから、ごはんでも食べて待ってれば？」

「あー、いや、うん。俺も行く」

「無理しなくていいよ、別にさ」

「克服してみようかと思ってな」

「えっ、なに、どうしたの？　彩葉がカッコつけてるとか言ったから？　だったら気にしなくていいよ。そんな大したことじゃないよ。無理してまで乗るようなもんじゃないし。とか言って、彩葉が無理矢理乗せたんだけどさ」

彩葉が、ごめん、と謝るので、俺は、違うんだ、と首を横に振る。

「別に見栄を張ってるわけじゃねえさ」

「じゃあなに、どうしたの？」

「いいだろ、別に」

「いいけど。じゃあ行こうよ。でもどうせまた、ふわあ、って言うんでしょ」

「もう言わねえ」

「あ、言ったね？　賭ける？」

「賭けるって、何をだ」

「もし、ふわあ、って言ったら、彩葉に四百八十万円はーらう」

「要求が生臭い」

震えの治まった脚に力を入れ、立ち上がる。彩葉は食べ終わったハンバーガーの包み紙を捨て、小走りに戻ってきた。

「よし、じゃあ行くよ、キダちゃん」

出発！　と、また偉そうに進行方向を指差し、彩葉が歩き出す。やれやれ、と思いながらも、俺も後に続いた。

視線の先には、大きく湾曲した、ラクダの背中のようなジェットコースターが見える。

俺はあれに乗るのか、と見ていると、ラクダの背を上っていく、豆粒ほどの大きさのコースターが見えた。コースターはゆっくりとレールの頂点に達すると、人々の悲鳴とともに、半ば崖のような急角度の坂を、猛スピードで滑り降りて行った。

あれに乗るのか、と、もう一度胸の中で呟く。今更ながら、俺も行く、などと言ったことを猛烈に後悔する。

4

穏やかな海に向かって、夕日が落ちていく。周りには誰もいない。寄せてくる波の音だけが、水平線の彼方《かなた》まで続く世界の奥行きを感じさせる。俺は堤防から砂浜に続くコンクリートの階段に腰を下ろし、ほっと息を一つついた。あれほど騒いでいた彩葉もさすがに疲れたのか、あまり口を開くこともなく、俺から人一人分ほど距離を取って同じように座った。

結局、絶叫マシンに挑んだ俺は完膚なきまでに打ち負かされ、まるで克服などできずに挑戦を終えた。途中で挟んだアシカショーが唯一の救いだったが、内容はほぼ覚えていない。天地がひっくり返ったり、自分がどこにいるかもわからないくらいぐるぐると振り回されて、気合いだけでは克服できないものもあるのだ、と痛感した。

アトラクションもあらかた乗りつくし、日も傾き始めた頃、俺と彩葉は水族館を後にした。そのまま家に帰ってもよかったのだが、少し寄り道をすることにした。中学生の頃、一度だけ来たことがある海岸だ。海を見て行こうか、と言うと、彩葉は「いいよ」と頷いてくれた。

久しぶりに来た名も無き海岸は、すっかり様相を変えていた。以前はゴミが散らばる小汚い砂浜があるばかりだったが、付近に水族館ができて地域の再開発が進んでいるのか、堤防が整備されてちょっとした海浜公園のようになっている。唯一、文字の消えかけた「遊泳禁止」の看板だけが変わらず砂浜に取り残されていて、俺の記憶にある場所はここか、と、なんとか「思い出の場所」を特定することができた。

堤防の階段に腰掛けると、右も左も延々と続く砂浜しか見えなくなる。サラウンドで聞こえてくる波の音と、どこから聞こえてくるのかわからない、ごう、という風の音。独特な香りと粘り気のある海風は、絶えず俺の前髪を揺らしている。

「なんもないね」

「そうだな。海しかない」

「じゃあ、なんで来たの？　無性に海が見たくなった、とか？」

「そんなところだ」

見渡す限り遮蔽物などない空間では、声は放り出したまま響くことなく飛んでいく。すぐ近くにいるはずなのに、彩葉の声が随分遠くから聞こえてくるような錯覚に陥る。声が風に飛ばされないように、俺は少しだけ腹に力を入れた。

「ここ、来たことあるの？」

「昔な。ガキの頃に」

「彩葉とおんなじくらいの頃？」

「いや、もう少し上になってからだ」

「カノジョと一緒に来たとか」

「残念ながら、デートじゃなかった」

なあんだ、と、彩葉がつまらなそうに口を尖らせる。

「キダちゃんはさ、友達だけじゃなくて、カノジョもいないの？」

「今か？　今はいないな」

「今は、ってことは、昔はいたわけ？」

「まあ、いたこともある。随分前だ。長く続かなかったけどな」

「なんで？」

「なんで。難しいことを聞くな」

「だって、理由くらいあるでしょ」

「好きになれなかったんだろうな、その、俺が相手をな」

「え、好きじゃない人と付き合ったの？」

「もしかしたら好きになれるんじゃないかと思って付き合ったんだ」

「でも？」

「無理だったな。絶叫マシンと同じで、俺には向いてなかった」

「じゃあさ、今まで一度も、誰も好きになったことがないわけ？」

俺が少し答えにまごつくと、彩葉は「あるんだあ」と、からかうように笑った。

「昔な。俺のこんな話を聞いて楽しいか？」

「え、楽しいに決まってる。恋バナじゃん」

「恋バナ」

「キダちゃんが好きだったのはさ、絶対ヨッチって人でしょ」

彩葉が急に、マジシャンか占い師のようなことを言い出す。俺はぎょっとして、思わず彩葉の顔を見た。

「なんでそう思うんだ」

「女の勘」

「だから、どこで覚えてくるんだ、そんな言葉」

「そんなことより、当たり？」

俺はまた海に視線を戻し、大きく息を吸い込んでから、思い切り吐いた。

「正解だ」

「やっぱりなあ」

「なんでそう思ったんだ」

「だって、車の中で話してた時、一番最初に名前を出した女子じゃん」

「無駄に鋭い」

「どんな人？」

「言ったろ。気が強くて、よく人の尻を蹴る」

「見た目は？　かわいかった？」

「さあな。特別かわいくもないし、かわいくなくもない」

「なにそれ」

「ガキの頃は、彩葉みたいなおかっぱ頭をしてた」

彩葉が自分の髪の毛を揺らしながら、「ショートボブ」と訂正する。

「好きだったのに、なんで付き合わなかったの？」

「なんで？　簡単なことだろ」

フラれたからだ、と、俺は単純すぎる理由を説明する。

「切なーい」

「そういうのは、同情される方が悲しくなるんだよ。やめろ」

彩葉が声を出して笑ったが、その笑い声はあまり長くは続かなかった。一瞬ついた火が立ち消えるように、彩葉の表情から「喜」の感情がすっと消えていく。

「今はどうしてるの？　その人」

「たぶん、もう結婚してるんじゃないか」

「切なーい」

「やめろって言ってんだろ」

　今度は、彩葉は笑わなかった。強めの海風に吹かれて少し顔をしかめ、自分の両膝を腕で抱え込む。そして膝のてっぺんに顎を埋めて、遠い目をする。

「ねえ、マコトって人がさ、そのヨッチって人と結婚したんじゃないの？」

　俺は腹の奥底から深いため息をつくと、無駄に鋭いんだよな、と吐き捨てた。

「なんでそう思うんだ」

「なんとなく、キダちゃんの顔を見てるとわかるよ」

「顔？」

「すぐ顔に出るからさ」

　顔を撫でながら、俺は彩葉の視界から逃れようと座る位置を変えた。彩葉は動かずに、そのまま海を見ていた。海風は絶え間なく吹きつけて、いつもは整っている彩葉の髪をかき乱した。

「たぶん、そうだ」

「たぶんて、知らないの？」

「先に、ヨッチが遠いところに行って、アイツは追いかけて行ったんだ。向こうで落ち合っていたら、結婚しているはずだ」

「キダちゃんは行かなかったんだ」

「遠いからな。一度行ったら、戻ってこられなくなりそうだった」

「止めなかったの？」

「止める？」

「だってさ、友達に置いて行かれちゃったら、さみしいでしょ」

俺の脳裏に、最後に会った時の親友の姿が浮かんだ。マコトが住んでいたマンションの地下駐車場。クリスマスの前日で、無機質なコンクリートに囲まれた空間が異様に寒かったのを覚えている。アイツは、遠く離れて暮らすヨッチへ、随分前からクリスマスに指輪を渡しに行くと決めていた。結局、俺はアイツを止めなかった。

「だって、止められないだろ」

「なんで？」

「プロポーズ大作戦を」

「なにそのネーミング。ダッサ」

「アイツは、十年もずっと、指輪を渡しに行くことを考えてたんだ。俺に止める権利なんかなかったんだよ」

「そんなことないでしょ。さみしいから行かないで！　って言ったらさ、じゃあしょうがないな、ってなったかもしれない」

さみしいから行かないで、か。

俺は苦笑して、首を横に振った。彩葉が振り向いて、肩越しに俺を見る。

髪型が一緒、というだけかもしれないが、彩葉はどことなく、出会った頃のヨッチを思い出させる。そういえば、俺がヨッチに出会ったのも、小学五年の時だった。当時のヨッチと同い年、ということもあるのかもしれない。

男児よりも、一歩半先に大人になっていく女児の不安定な眼差《まなざ》し。好奇心と不安、反発とさみしさ。複雑な感情に染まった彩葉の瞳が、俺の記憶の中の少女の瞳と重なる。まさか、かつての恋心を思い起こしたわけではないだろうが、俺が必要以上に彩葉を気にかけてしまうのは、自分とは関わりのない他人だと思えないせいかもしれない。

「お人よしだよね、キダちゃんてさ」

「お人よし？」

「好きな子を人に譲るとかさ」

「どこの誰かもわからないガキの世話をするとかな」

彩葉が、わざと不愉快そうに顔をゆがめ、「すーみーまーせーんー」と嫌味たっぷりの返事をする。

「その厄介者追い出してさ、今から行けばいいじゃん」

「行く？」

「二人の間に割って入ってさ、ちょっと待った！　って」

「馬鹿言うな。迷惑だろ」

「だって、好きだった子なんでしょ？　ワンチャンあるかもしれないよ」

ワンチャン？　と俺が犬を呼ぶようなイントネーションで答えると、彩葉は「オジサンとは話がしづらい」と言うように、ワンチャンス、と面倒臭そうに言い換えた。

「もう遅《おせ》え」


――ほんのちょっと、遅かったよ、キダちゃん。


「そうやってさ、遠慮ばっかしてると損するよ、キダちゃんは」

「遠慮してるわけじゃねえさ」

「たまには自分勝手になったっていいと思うんだよね。人を好きになった時くらい」

「次はそうするさ」

「次があるの？」

「さあな。でも、次しかない」

あいつらとは、もう会わないからな。

たぶん、二度と。

海に向かって俺がそう告げると、彩葉はまた正面を向いて、押し黙った。しばらく無言の時が流れたが、不思議と苦痛は感じなかった。きっと、海を見ていたからだろう。見渡す限りの海とはるか遠くに見える水平線は、同じ世界に存在しているとは思えないほど圧倒的に場を支配している。駅前の混雑も、人が入り乱れる街も、小さなものに思えてくる。その中で息を潜めて生きている俺など、どれほど小さな存在だろう。そう思うことが、今は心地いい。海は、そう思わせてくれる。

「キダちゃん」

「なんだ」

「子供の頃に戻りたいって思ったりする？」

「戻りたい？」

「うん。あの頃に戻って、やり直したい、みたいなさ」

「思うな」

「即答じゃん。思うんだ」

「やり直したいことはたくさんある。やり直せないのはわかってるけどな。大人になると、そういうことが増えるんだ」

「だから子供にああしろこうしろ言うようになるんだ」

「俺みたいになりたくなかったらこうしろ、とは言いたくなるな」

「そんなこと言われても、子供なんだからわかんない」

「今はわかんなくてもしょうがねえさ。いずれ気づくから、早めに気づけよ、一応言っとくぞ、っていう話だからな」

俺みたいになる前に、と、自嘲気味にもう一度言葉を重ねる。

「もう手遅れじゃない？」

「どうしてだ」

「だって、学校にも行ってないし、友達もいないしさ。パパもママも生きてるかわかんないし。もう、どうやっても普通の人にはなれないと思う」

「そんなことないだろ」

「あるでしょ。殺されたくなかったら、キダちゃんみたいに名前とか全部捨てないといけないんでしょ？　まあ、捨てたって別にいいんだけど。今さらやり直せるわけでもないし」

「そうと決まったわけじゃない」

「ねえ、どうやったら、キダちゃんみたいな仕事ができるかな？　あの、事務所のおじさんに頼めばいいの？　彩葉でもできる？　銃が撃てるようになったらいい？　撃ち方教えてくれる？」

「やめろ」

俺の一言で、彩葉の目が見る間に潤んで、大粒の涙が零れ落ちた。唇が震え、肩に力が入っているのがわかる。必死に泣くまいと我慢したのだろうが、その努力は実を結ばなかった。

「彩葉もさ、キダちゃんみたいに、今までのことを全部捨てたいもん。名前も全然違うのに変えてさ。そしたら、殺されなくて済むし、違う自分にもなれるし」

俺は膝を抱えたまま泣き出した彩葉の正面に回り、もう一度、やめろ、と呟く。彩葉は目にいっぱいの涙を溜《た》めたまま、前歯で唇をぎゅっと噛んでいた。

「名前を捨てたところで、俺は俺のまま、変わらなかった」

「なんで」

「いまだに誰も新しい名前で呼んでくれないしな。ビビリ癖も直らない。昔の記憶も消すことができずに残ってる。性格が変わったわけでもないな。命を狙われる危機からは逃げられたかもしれないが、その分失ったものも多い」

「………」

「それでも、自分の名前、捨てるのか？　気に入ってるんだろ？」

――まあでも、いい名前だと思うぜ。

――でしょ。気に入ってんの。だから、ちゃんと彩葉って呼んでよね。

だって、という一言を残して、彩葉が声を上げて泣き始めた。幸い、彩葉の泣き声は海風がどこかに運んで行って、周囲に響き渡るようなことはなかった。しばらくの間、俺は彩葉の正面にしゃがんだまま、何も言わず見守ることにした。泣けるなら、泣いた方がいい。そんな気がしたのだ。

物心ついてから今まで、俺にはこうして声を上げて泣いた記憶がない。だが、赤ん坊だった頃は俺だってきっと、思うさま泣いていたはずだ。腹が減った、とか、ケツが痒《かゆ》い、とか、そんなしょうもないことで。顔を真っ赤にして泣き叫ぶ俺を、両親がどういう顔で見ていたのかはわからないが、泣くことを許してくれてはいただろう。

「親」という感覚はよくわからない。それでも、俺が彩葉に対して抱く気持ちは、親が子に抱く気持ちと少し近いのだろうとは思った。伝える言葉、一緒にいる時の行動、共有する記憶。そういう、俺の一挙手一投足が、まだ人として輪郭の柔らかい彩葉の中に取り込まれて、彩葉を形作る成分の一つになっていく。良くも、悪くもだ。

俺という人間の断片が、新しい人間を作る種になる。俺という人間が存在したという事実が、ほんのわずか、世界を変える。彩葉とは赤の他人でしかないが、彩葉に伝える言葉は選ばねばならない、と思った。

そして、何か伝えたい、とも思っている。

「約束したろ。なんとかするって」

「そんなこと言ったたって、キダちゃんにだってどうにもできないじゃん」

「信じられないか？」

「だって、別に魔法使いじゃないんだからさ。時間を戻して、全部なかったことにしてくれるとか、そんなことできないでしょ」

「ところが、俺だってな、魔法くらい使える」

「は？　なに言ってんの」

俺は右手をぎゅっと握ると、拳に力を込めた。彩葉の前でぶるぶると震わせると、彩葉は嫌そうな顔をしながら少し腰を引いた。俺は、よっ、と手を開く。同時に、何も持っていなかった手から、小さな花が飛び出した。彩葉は少し肩をびくり、と震わせたが、さして大きなリアクションを取ることもなく、なにこれ？　という顔で俺を見た。俺は、つまんでいる小さな花を揺らして、彩葉に受け取るよう促す。

彩葉が、おずおずと花を持つ。彩葉に花を手渡すと、俺は少しずつ手を遠ざけながら、糸に貼りつけられた万国旗を繰り出した。糸の端は、花の茎と繋がっている。するする、という感じではなく、幾分ぎこちなく、万国旗が俺の手から出ていく。

「なにこれ」

「魔法だ」

「ただの手品じゃん」

俺は最後まで旗を出し終えると、ふっ、と大きく息を吐いた。人にこの技を披露するのは初めてのことだ。心臓が、また大きく脈を打つ。仕事でもこんなに緊張したことはない。絶叫マシンに始まり、今日は随分と心臓に負担をかける日になった。

「これ、練習したの？」

「そうだ。独りでな」

「どれくらい？」

「五年」

「長すぎでしょ。なんのために？」

「手先が不器用なのをなんとかしないと、と思ったんだ」

ばっかじゃないの、と、彩葉が噴き出した。まだ目は真っ赤で鼻声だが、少しだけいつもの彩葉に戻っている。

「不器用すぎ」

「そうだな。でも、時間かけて練習すれば、俺にもなんとかできるようになったからな。

彩葉を驚かすまではいかなかったが」

「なんの意味があるの、こんなの」

「名前を変えたところで他の誰かに変われるわけじゃないが、ちょっとだけ自分を変えることはできるってことがわかった」

「じゃあ、そのうち絶叫マシンも平気になる？」

「それはどうだろうな」

「だめじゃん」

「いつかは克服できるかもしれない。やる気になればな」

「そっか」

「いいか、まだ彩葉の親が死んだと決まったわけじゃないんだろ？　それに、学校に行かなかったというだけで人生が決まったりはしない。通り過ぎた過去をやり直すことはできないかもしれないが、自分の行きたい方向に向き直ることはできる。それも、歳をとればとるほど難しくなるけどな、彩葉はまだまだ大丈夫だ」

「おうちに、帰れるの、かな」

「自分を取り巻いている世界ってのはな、いい方にも悪い方にも不安定なんだ。ある日突然世界が壊れることもあれば、ある日突然新しい世界が生まれることもある。幸せが長く続かないこともあるし、どん底から奇跡的に這い上がれることもある」

「彩葉は、帰れるかもしれないし、帰れないかもしれないってこと?」
「どうなるかはわからない。でも、未来がどうなるのか、決まっているわけじゃないってことだ」
「………」
「一日あれば、世界は変わるからな」

——一日あれば、世界は変わる。

人を慰めたり勇気づけたりすることに、俺は慣れていない。自分でうまく言葉を選ぶこともできないし、きれいごとばかりを並べてしまった気もする。俺の口から出る言葉は、たぶんそのほとんどが俺の中から出てきた言葉ではない。誰かから聞いたり、どこかで目に入ったりした言葉が、俺の中に残っているだけだ。要は、人の受け売りだ。

一日あれば、世界は変わる。いつだったか聞いて、俺の中にずっと刻まれているその言葉が、彩葉にとって救いになるかはわからない。けれど、俺はあえてその言葉を選んだ。変わってしまった世界が彩葉にとっていいものになるとは限らないが、俺にはその言葉しか思いつかなかった。それでも、彩葉が顔を上げて前を向くのであれば、その言葉は希望をもたらしてくれるかもしれない。解釈の仕方次第と言ってしまえば、その通りかもしれないが。

「一日で、変わるかな」

「まあ、まずは井戸というやつをなんとかしないといけないんだろうな。彩葉がちゃんと仕事として依頼してくれれば、俺がなんとかする」

「なんとかするって、どうするの」

「殺すわけじゃねえぞ。俺は殺し屋じゃないからな」

「キダちゃんは何屋なわけ？」

「交渉屋だ。彩葉に手を出すのはやめろ、と井戸に交渉するのが俺の仕事だな」

「そんなの、言うことを聞いてくれるわけないじゃん」

「もちろん、言うだけじゃ聞いてくれない。交渉材料は必要になる」

「仕事ってことはさ、お金もかかるんでしょ」

「普通ならな。まあ、ガキは金のことなんか考えるな」

「でも」

「大丈夫だ。必ず交渉はまとめてやる。仕事だからな。どうだ？」

俺はそう言い切ると、彩葉の前に小指を立てて差し出した。そうした以上、俺は約束を守らなければならない。見ず知らずの子供のために何故そこまでしなければならないかはわからないが、そうしてやりたい、という自分の気持ちを否定することはできなかった。

彩葉に対して情が湧いたのか、それとも単なる同情心か。もしかしたら俺は、彩葉を通して自分の人生をやり直そうとしているのかもしれない。

彩葉もまた、まださほど長くない人生をやり直そうと決めたのか、差し出した俺の小指に自分の小指を絡める。音もなく、絡まった指が上下にリズムを取る。

「嘘ついたら、なんだ？」

「嘘ついたら——」

それまでリズムを刻んでいた彩葉の手が、ぱたりと止まる。指に力が籠って、ぎゅっと固まる。その力は、人一倍手のデカい俺ですら、少し痛いと思うほど強かった。

「お、おい」

落ち着いてきたと思ったのに、また彩葉の顔が歪んで、涙がぼろぼろと零れた。これだけ溢れ出しても、涙というものはなかなか涸《か》れないものらしい。もし涙が涸れてしまったらどうなるだろう。人は言葉にできない感情を、外に流し出すことができなくなってしまうのかもしれない。

「彩葉、どうした」

「だって」

――キダちゃんは、嘘つかないんでしょ？

俺の手にも、思わず力が籠った。その言葉の重さを、胸の奥底にそっとしまう。

5

幹線道路から裏道に入ると、対向車の姿も、道沿いの建物の明かりもなくなった。両側には畑が広がっているはずだが、暗くてその姿はもう見えない。ぽつんぽつんと等間隔に並ぶ照明灯の妙に明るい光が、まだ補修されてから日が浅い、真新しい道路を浮かび上がらせていた。

太陽が沈むのを海で見送ってから、俺と彩葉は帰路についた。だが、ほどなく国道で大渋滞に巻き込まれることになった。平日の帰宅ラッシュの時間帯と重なったのだ。このままだと家に着く頃には随分夜遅くなってしまう。俺は彩葉と協議の結果、途中で店に寄り、夕食を取ることにした。店は彩葉たっての希望で回転寿司になった。市内でよく見かけるチェーン店で、彩葉は家の近所の店舗に両親と行っていたらしい。水族館帰りに寿司を食うのは気が引けたが、彩葉は気にする様子もなかった。

ボックス席で彩葉と向かい合って座り、俺の中に残っていた昔の回転寿司のイメージから遥かに進化した注文方法やメニューに驚きながら、俺は久しぶりに寿司を食った。耳は生えていないと思われるタコや、犬には似ていない方のアナゴも流れてきた。味オンチの俺には、いまいち旨い不味《まず》いはわからなかったが。

いや、きっと旨かったのだろう。

腹が膨れた後には、仄かな幸福感が残っていた。

食事を終え、寿司店に併設されていたゲームコーナーで少し彩葉を遊ばせてから、再び帰路につく。既に結構な時間になっていたせいか、帰宅ラッシュの渋滞もすっかり消え、車はすいすいと進んだ。

食って遊んで燃え尽きたのか、彩葉は先程からうつらうつらと舟を漕いでいる。別に寝てしまってもいいのだが、子供ながらに、助手席で寝てはいけない、とでも思っているのだろうか。

「彩葉」

「うん？」

彩葉が、もう半分閉じている目を俺に向ける。

「寝てていいぞ」

「うん。なんかさ、もったいないから」

「もったいない？」

「寝たら、終わっちゃうでしょ」

「何がだ」

「今日がだよ」

「寝なくてもあと何時間かすれば終わるさ」

「終わらなきゃいいのになあ、って」

「どうしてだ」

「どうして、って。楽しかったからに決まってるでしょ」

「楽しかった、か」

「また行きたいな」

そのうち、またどこかに行こう。そんな簡単な一言を、俺は返すことができなかった。かといって、それは難しいな、と現実を語る意味もなかった。きっと、彩葉もそれをわかっている。俺は結局、「そうだな」と無難な言葉を選んだ。少し間を空けたせいか、それ以上言葉は戻ってこなかった。ちらりと見ると、彩葉は首を傾け、静かに寝息を立てていた。

車のオーディオを、AMラジオに切り替える。周波数を表す数字がくるくると動き、世界との接点を探す。やがて、柔らかいものでくるんだような、独特の丸みを帯びた音が車内に流れ出す。ボリュームを少し落とし、ロードノイズとのバランスを取る。

振幅変調方式で届いてくる古臭い音が心を落ち着かせることを、俺は知っていた。きっと、伯父の家に引き取られる日、タクシーの中でこの音を聞きながら少し眠ることができたからだろう。俺が生まれた頃には別の音が世界に溢れていたが、受け継がれた遺伝子は、くぐもったその音を「懐かしい」と感じるようだ。

車の速度に合わせて道路照明灯が規則的に流れていくように、俺の頭の中にも、ラジオの音と一緒に過去の出来事が浮かんでは消える。出会いと別れを繰り返し、しだいに小さくなってきた俺の世界。今はもう、この車の中ほどの広さしか残っていない。かつてはもう少しだけ大きかった世界の断片を拾い集め、その頃の光景を思い出した時の感情を、俺は「懐かしい」と表現してきた。白黒の無声映画のような映像を、映画館のような場所で見ている。それが俺の記憶や、思い出だ。懐かしい、という感情に嘘はないだろう。だが、正しくもない。俺はたぶん、「懐かしい」とともにある「さみしい」から目を逸らしてきたのだ。泣きもせず、笑いもせず。

妙なセンチメンタリズムに陥りながら車を走らせていると、スマホに着信が来た。川畑だ。彩葉は寝ているとはいえ、うっすらとでも会話を聞かれるわけにはいかない。俺は車を路肩に停め、車外に出て通話を開始した。

「キダちゃん、今大丈夫かな」

「はあ、大丈夫です」

「あれ？　今、外かい」

「ええ。ちょっと外ですが、大丈夫ですよ」

「本当に、あのオンボロ車で相棒とどこか行ったのかい」

「ずっと同じ部屋にいるのもお互い窮屈で。ガス抜きです」

「ガス抜き、大いに結構じゃないの」

　電話の向こうで、川畑が笑う。俺は少しきまりが悪くなって、まあそうなんですけど、と、言葉をはぐらかした。

「ところで、なんの用事です？　仕事ですか」

「井戸茂人の件、少し情報があってね」

「あ、その件ですか」

　氷室の依頼を片づけた後、俺は川畑に「井戸茂人」を調査するよう進言していた。無論、氷室から請けた交渉については伏せたが、井戸が彩葉の件に関与している可能性がある、と報告したのだ。

　氷室の話が確かなら、今どき殺人や恐喝といったリスクの高い犯罪行為に手を染めるような男は、この辺りだと井戸茂人をおいて他にはあまりいないようだ。以前は、暴力団同士の抗争に氷室のような殺し屋が手を貸すこともあったようだが、今はほぼ個人の怨恨による依頼しか来ないらしい。それだけ、暴力団をはじめとする反社の行動が制限されているということだろう。

彩葉の話からも、井戸の存在がにおってくる。彩葉の父親が「まともな仕事をしていなかった」のなら、井戸との接点があってもおかしくない。オールバックという特徴だけで井戸だと断定はできないが、それでも、井戸本人である可能性は高いと俺は思っている。

「とりあえずキダちゃんの耳にも入れておこうと思ってね」

「ありがとうございます」

「実は最近、ウチの事務所の近所で嫌がらせが何件も発生していてさ」

「嫌がらせ？」

「そう。今ちょうど、再開発地区に指定されているエリアで」

戦後の闇市から発展してきた駅北側の繁華街は、道も細く、建造物が密集している。再開発事業によって街区が整理され、高層マンションや商業施設が新たに作られる予定だ。今後、十年、三期ほどに分けて工事が行われていくことになる。

「なるほど。で、どんな嫌がらせなんです？」

「まあ、嫌がらせ自体は単純なものだよ。刃物が送りつけられてきたり、動物の死骸が投げ込まれたりね」

「随分古典的ですね」

「古典的だからこそ、効果も実証されているってことさ。昔みたいにダンプカーで突っ込むようなことはできないだろうけどね」

「なんのためにそんなことを？」

「店子《たなこ》を追い出してビルを空にして、二束三文で土地ごと買い叩こうとしているんじゃないかな」

「井戸の仕業なんですか」

「もちろん、誰がやってるのかはわからない。こんなの、バレたら一発アウトだからね。やっこさんもそう簡単に尻尾は出さんだろうが、証拠はなくとも見当はつく。狙われているのは、ＴＸＥに土地の売却交渉を持ちかけられて、断ったところばかりさ」

　確定じゃないですか、と、俺は苦笑する。

「要するに、ＴＸＥは再開発地区の地上げをしようとしてるんですかね」

「いや、どうもそうじゃないな。それなら、表通りに面した小さな土地なんかを買い集めて、売値を吊り上げたほうが早いと思うんだ。けど、ＴＸＥが買おうとしている土地は、敷地面積が比較的広いところが多くてね」

「というと、どういうことなんです？」

「たぶん、一等地の床を持っていこうとしてるんじゃないかな」

「床？」

　再開発地区の土地権利者には、所有していた土地の面積や評価額に応じて、再開発後の建物内の床の権利が割り当てられることになる。これを権利変換と言うそうだ。つまり、再開発事業がスタートする前にできる限りこの辺りの土地を買い集めておけば、それだけ広い権利床を取得することができるようになるというわけだ。

「キナ臭いのがそこでね。井戸は最近、ＴＸＥとは別に新しい会社を立ち上げているんだよ。一部の土地の権利が、ＴＸＥから新会社に付け替えられていてね」

「どういうことなのか、俺にはわからないです。頭悪くて」

「ＴＸＥ自体は指定暴力団ではないけれども、その実情はただのヤクザだからねえ。前にキダちゃんが行った組事務所、あそこも再開発地区の真ん中だったでしょう？　たぶんね、あの市長はこれを機に組を潰しにいくだろうと思うんだ」

「はあ」

「井戸という男は、ＴＸＥ内では中堅だけど、実質、シノギをすべて取り仕切っているような人間でね。この界隈ではかなりの影響力を持っている。組が潰されて黙っているようなタマじゃないね。おそらくは、この機に乗じてＴＸＥを生贄《いけにえ》に、旧来の人間を一掃しようとしているんだ。自分だけが生き残って、組をそっくりそのまま乗っ取ろうって魂胆だろう」

川畑は、あくまで想像だけどね、と結んだが、川畑がここまで言い切るからには、それなりの情報が揃っているのだろう。おおよそ、事実もその通りなのだと俺は考えることにした。

「でも、それだけ悪名高い人間なら、公共の再開発事業からは弾き出されそうなもんですけどね」

「それが、そうとも言えないんだ」

「何故です？」

「どうも、井戸は市長と裏で繋がっているようでね」

「市長って、暴力団排除を公約にして当選したはずですが」

「前に言っただろう。この世界にいる人間は、ほとんどが嘘つきだ。ましてや、政治家だよ」

「それはまあ、そうかもしれませんね」

「市長と繋がっているのか、市長を脅しているのかはわからないけどね、井戸が市役所に出入りしているのは確かだよ」

「市長、か」

川畑の話が確かならば、市長は井戸の企みについて何か知っている可能性がある。井戸が何をしようとしていても俺には無関係だが、市長との関係が井戸の弱みに繋がるのであれば、交渉材料になるかもしれない。

「なるほど。参考になりました。わざわざありがとうございます」

「キダちゃん、本題はここからだよ」

「本題？」

「あの娘のことだ」

「彩葉の？」

俺の体に、ピリリと緊張が走る。

「さっき、井戸が別会社を作った、という話はしただろう？」

「ええ。聞きました」

「その会社の取締役社長がね、どうもこのところ行方不明らしいんだ。会社とは別に自身で違法風俗店を経営していたようだけど、そっちにも顔を出さなくなったらしい。いなくなった時期が、ちょうどあの娘がウチに来たのと重なる」

「じゃあ、彩葉はその男の娘だと？」

「それがまだわからない。戸籍上、男に妻子はいないんだ。ただ、妻らしき女や、子供らしき娘がいたっていう情報もある。そこは今調べているところ」

「そんな男が、何故川畑洋行のオフィスを知っていたんでしょうか」

「そこだよ、そこ。男の名前は、佐々木だ。覚えているかい？」

「覚えて？　いや、ありきたりな名前なので、ちょっと」

「昔、キダちゃんがお友達の依頼で交渉した相手だよ。別れさせ屋をやったやつだ」

ああ、と、俺の頭に昔の光景が浮かぶ。この街ではなく、都会まで出て行って、交際中のモデルの女と別れるよう交渉をした件だ。もうずいぶん昔のことで、覚えているかと言われても、細かいことは記憶にない。相手の顔も思い出せそうになかった。

「うっすらと、覚えているような」

「少なくとも、交渉屋の存在を知っている人間なら、ウチに辿り着く可能性はゼロじゃない」

「確かに、そうですね」

「意図はわからないが、この佐々木という男がウチの場所を知り得たとして、井戸と揉《も》めた結果、娘に、ウチに行け、なんて言うかな？」

「どうでしょうか」

「確率は半々だと思うけど、娘を逃がす先がなくて、仕方なくイチかバチか裏社会と繋がりのあるウチを選んだのか――」

川畑は少し間を取ると、声のトーンを変えた。

「もしくは、罠《わな》か、だね」

「罠」

「ＴＸＥの一件で、井戸にとってキダちゃんは脅威になったのかもしれないよ。だとしたら、内情を探らせようと、娘を送り込んできたとしても不思議じゃないだろう」

「彩葉が、井戸のスパイってことですか？　まさか」

「まあ、まだ仮説だよ。でも、本当だとしたら、考えなければならないね」

考える。何を、と聞かなくても、答えは想像できた。川畑の推測が正しければ、川畑にも俺にも、彩葉を匿う理由がなくなる。迂闊《うかつ》に社会の裏側へ踏み込んだ代償は大きい。俺は、額を撃ち抜かれた子供の死体が河川敷に転がる光景を思い浮かべる。

「しかし、川畑さん、相手は子供ですよ」

「言ったろう。この世界は、嘘つきだらけなんだよ。相手が子供であっても同じさ」

「それは――」

「ただ、まだどうするか決めたわけじゃない。キダちゃんは今まで通りにしていればいいから」

「ですが」

「いいかな。勝手なことを、しないように」

ずしりとした言葉を残して、通話は終わった。俺は路肩で一つため息をつくと、天を仰いだ。当たり前なのかもしれないし、仕方ないのかもしれないが、俺の世界はまた、俺が行きたい場所とは違う方向に向かい出している。

消化できない気持ちを抱えたまま、運転席に戻る。エンジンはかけっぱなしだった。車内にはまだ、ＡＭラジオの穏やかな音が満ちている。助手席に目を向けると、彩葉が変わらず寝息を立てていた。小さな手からスマホが転がり落ちて、膝の上に載っている。時折、スマホが息苦しそうな音を立てて、何かの着信を報《しら》せているが、彩葉は眠ったままだ。

——罠か、だね。

先程聞いたばかりの川畑の言葉が、頭の中で嫌な反響を繰り返す。もちろん、川畑の言うことは間違っていない。俺の目が、彩葉の手から離れたスマホに吸い寄せられた。もし彩葉の裏に真実があるとするならば、その小さな機械の中に、真実の断片が詰まっているかもしれない。

息を殺し、彩葉のスマホへと手を伸ばす。だが、俺の指先がスマホに触れるか触れないかというところで、彩葉が、ううん、と唸りながらわずかに体勢を変えた。スマホが、俺の指先から逃げるように遠ざかる。

目を覚ましたのかと彩葉の顔を見るが、どうやら寝返りを打っただけのようだった。目を閉じたまま、彩葉の顔が運転席側を向く。その目尻から涙が零れて、まだしわの刻まれていない、つるりとした彩葉の頬を伝い落ちていった。

俺は運転席に座り直し、サイドブレーキに手をかけた。一度は解除してレバーを落としたが、もう一度レバーを引き、引っ張っていたシートベルトからも手を離した。エンジンをかけたまま、再び運転席のドアを開けて外に出る。

「あ、俺です」

自分のスマホから、川畑に電話をかける。さっき話したばかりの相手からの電話に、川畑は怪訝そうな声を出した。

「別件なんですが、ちょっと取り寄せをお願いしたいものがあるんですよ」

川畑洋行の本業は、「輸入代行業」だ。俺は時折、仕事に必要なものを川畑に発注して、取り寄せてもらっている。

電話の向こうから、「何が欲しいんだい？」という、いつもと変わらない川畑の声が聞こえてくる。声の裏側には底知れぬ闇が広がっているが、俺にはその深淵《しんえん》を覗き込むことはできない。

〝リンゴ〟を、いくつか。

ほんのわずかな間をおいて、川畑が「わかった」と返事をする。それで商談は成立だ。俺は、お願いします、と伝え、通話を終わらせる。

交渉屋(4)

ものすごい音。彩葉の体を抱くママの腕に力が籠った。真っ暗な部屋の中、さらにママの体に包み込まれて、彩葉は何も見ることができなかった。でも、家の中で何が起きているのか想像することはできる。彩葉が大きな音のする方向に目を向けようとすると、またママの腕が力いっぱい彩葉の頭を押さえつけた。

時折、苦しそうな呻き声や、もうやめてくれ、という弱々しい声がリビングから聞こえてくる。いつもは、ママや彩葉に口うるさくああしろこうしろと言うパパの声だ。その弱々しい声を掻《か》き消すように、乱暴な声が響く。声の主は、最近何度も家に来ていた、ガラの悪い男だ。髪の毛をいつもオールバックにしていて、暗い色のスーツを着ている。彩葉のような子供でも、一目で、普通じゃない、とわかる見た目だ。

パパは、そのオールバック男を「イド」と呼んでいた。

イドが家に来る時はいつも、もう一人、背の高い男がついてきた。髪の毛を剃《そ》ったスキンヘッド。コッチの男はあまりしゃべらなかったけれど、いるだけでも家の空気が重苦しくなった。

イドたちが彩葉の家に来るようになったのは、一ヶ月ほど前からだ。週に一日か、二日。イドが来る日は、ママと二人で別の部屋にいなければいけなかった。ベッドしかない部屋でやることと言えば、本を読むか、スマホで動画を見るくらいしかない。けれど、今日はそれすらもできなかった。リビングからは、荒々しい声や大きな物音がまだ聞こえてくる。ガラスが割れる音もした。

やがて、どすどすという足音を立てて、誰かが彩葉のいる部屋に向かって来た。ドアが開く音。同時に部屋の明かりがついて、ママの腕の隙間から、光が入ってくるのがわかった。

「お嬢ちゃんと話があるんだけどねえ」

イドの声。許してください、と、ママが震える声で答えるが、イドは「ああ?」という一声だけでママの勇気をへし折った。ママの体がびくんと跳ねて、彩葉を包んでいた腕から力が抜けた。彩葉は仕方なく自ら体を捻って、現実に自分を晒した。照明の眩しさで視界が真っ白になったが、ほどなく慣れて、不機嫌そうなイドの顔が浮かんできた。

「お嬢ちゃん、名前は」

「彩葉」

「名前がしゃれてんな。歳はいくつだ」

「小五」

怖くて喉が締まったが、それでもなんとか腹に力を入れて声を出す。だが、イドは彩葉に聞こえるように舌打ちをし、顔を歪めて彩葉を睨みつけた。

「お嬢ちゃんよ、俺は、何歳か、って聞いたんだ。聞かれてもねえ答え方をするんじゃねえ」

「ごめんなさい」

「いくつだ」

「十一歳」

「じゃあ、少しはてめえの頭で考えられるよな」

「はい」

恐怖で泣きそうになるのを必死に堪《こら》えながら、彩葉は何度か首を振って頷いた。イドが廊下に向かって、「連れてこい」と怒鳴る。どたばたと音がして、スキンヘッドの男がパパを連れて部屋にやってきた。足元のおぼつかないパパは、部屋に入るなり膝をついてうずくまった。後ろからピストルを突きつけられている。ママがまた悲鳴を上げた。

パパの顔は真っ赤に腫れ上がっていて、鼻や口の端からはねばねばとした血が零れていた。リビングから聞こえていた音のすごさからしても、相当殴られたり蹴られたりしたのだろう。肩で息をしながら、パパはぐったりとうなだれて、彩葉を見ようとはしなかった。

「お嬢ちゃんのパパはな、俺と一緒に仕事をしていたんだよ。けどなあ、その会社の金を盗んで使っちまった。結構な大金だ。四百八十万円。お嬢ちゃんが返してくれるか？」

彩葉が「できません」と首を横に振りながらパパに目を向ける。パパはやはり顔を上げず、彩葉を見ることはなかった。

「人のものを盗んで勝手に使うやつをなんて言うか知ってるか？」

「泥棒」

「そうだよ。正解だ。お嬢ちゃんのパパは泥棒だ。人のものを盗んじゃいけない、って教わっただろ？　ルール違反だとは思わないか？」

彩葉は、何度か頷く。イドの思っていることと違う反応をすると、きっとまたあの怖い目で睨まれることになる。

「今日はお嬢ちゃんのパパにお仕置きさせてもらったけどな、それで金が戻ってくるわけじゃねえ。殴り殺して金が返ってくるならこの場で殺してやってもいいんだけどな。ただ、聞けば金はもう使って返せねえって言いやがる」

イドは、そう言いながら、パパの顔面を殴りつけた。鈍い音がする。見ているだけで体が震えてくるくらいの強さだ。パパの感じる痛みが伝わってきて、彩葉が殴られたような気分になった。

「そこでだ、お嬢ちゃんにひとつ、仕事をしてもらいたい。それでチャラにしてやる」

ママが、無理です、と彩葉をかばおうとするが、イドの「ああ？」にまた黙らされる。

「なにをすればいいんですか」

「お嬢ちゃんは、学校に行ってないんだったな」

「はい」

「なんでだ？」

「行きたく、ないから」

イドは彩葉の言葉で笑い出す。だが、目は笑っていない。

「いいね。行きたくないから、行かない。そういう、素直なやつは嫌いじゃねえな」

「はい」

「やってもらうことは、別に難しいことじゃない。これから、お嬢ちゃんにあるところに行ってもらう」

「あるところ？」

イドが、後ろのスキンヘッド男に向かって手のひらを差し出す。スキンヘッド男は、着ている上着の内ポケットから写真を一枚取り出して、イドに手渡した。イドは、その写真を彩葉の目の前につきつける。写っていたのは、見たこともないオジサンだった。どこかから盗み撮りをされたようで、カメラに気づいている様子はない。がっしりとした体型だけれど、イドやスキンヘッドの男のような怖さは感じなかった。

「誰？」

「誰でもいい。お嬢ちゃんには、しばらくこいつの家で暮らしてもらう」

「どうして？」

「理由はいいんだ。やることは二つだ。一つは、こいつが何をしているか、定期的に俺のとこに連絡を入れること。つまりスパイだな。わかるか？　スパイ。スパイ大作戦だ」

イドが突然、ジャ、ジャ、ジャ、と、何かのテーマ曲のようなものを真顔で歌い出した。どこかで聞いたことがあるような、ないような、という音楽だ。イドが彩葉の表情を見て、知らねえか？　と首を傾《かし》げた。嘘をつくわけにもいかないので、彩葉は知りません、と答える。

「『スパイ大作戦』だよ。イマドキは『ミッション・インポッシブル』っていうのか。名作だからな。見ておけよ」

「わかりました」

「お嬢ちゃんのもう一つのミッションはな、こいつに気に入られることだ」

「気に入られる？」

「まあ、普通にしてりゃいいんだ。飯を作ってやったり、どこかに出かけたりして、普通に一緒に暮らすんだ。あんまり媚びすぎてもよくねえな。ほんとに普通にしてりゃいい。それだけでも、きっとこのオッサンはお嬢ちゃんを気に入るさ。なにしろ、友達もいねえ、女もいねえっていう孤独な野郎だからな」

一緒に暮らせ、と言われても、何をどうしていいのかさっぱりわからなかった。変なことをされたらどうしよう、という不安もあった。

「無理、です」

「無理？　そうか。学校と一緒で、行きたくねえ、ってことか」

でもなあ、と笑いながら、イドは自分のポケットから何かを取り出す。折り畳み式のナイフだ。キッチンにある包丁と比べてもそれほど大きいものではないのに、彩葉にはとてつもなく恐ろしいもののように見えた。

「行きたくねえ、じゃ済まねえこともあるんだよ、人生にはな」

イドはパパの髪の毛を鷲掴みにすると、無理矢理顔を引っ張り上げた。まるで別人のように腫れたパパの顔を見るのは、お化けを見るようでぞっとした。

イドは手に持ったナイフをパパの喉の辺りにひたひたと当てた。ナイフの刃が当たる度、パパの顔が歪む。イドの目を見ていると、これはただ脅かしているだけじゃないんだ、という気がした。もし、彩葉が違うことを言ったり反抗したりしたら、イドはあのナイフをパパの喉に突き刺すかもしれない。どういう光景になるのかは想像もつかないが、パパはきっと、血を流しながら死んでしまうのだろう。

「お嬢ちゃんが行ってくれないと、パパとママは死ぬことになる」

「パパとママを殺さないでください」

「俺だって殺したくねえさ。死体の処理が面倒だしな。だから、言うことを聞いてくれよ、なあ」

ほら、お前も頼め、と、イドがパパの頰っぺたをナイフで少し切りつけた。ほんの少しではあるものの、パパの顔に傷ができて、じわりと血が滲み出してきた。本当なら、怖くて泣き叫びたくなるはずなのに、何故か、彩葉は自分の心がすっと冷めていくのを感じた。

「彩葉」

パパが、か細い声で彩葉を呼んだ。いつもは、もっと乱暴に呼ぶくせに。

パパはいつも偉そうだった。家では文句しか言わないし、時々、ママをぶったりもした。彩葉に暴力を振るうことはなかったけれど、一緒に遊びに行ったり、ふざけ合ったりしてかわいがってくれたことはなかった。たまに回転寿司に連れて行ってもらったけれど、その時もほとんど何もしゃべらなかった。パパが彩葉の正式な父親じゃない、ということだって、彩葉は知っている。友達のママからその話を聞かされたからだ。学校で噂《うわさ》が広まって行くのが嫌になって、それから不登校になった。

ママは、彩葉に優しくしてくれた。でも、ママはあまり親らしくはない。パパの前ではずっとおどおどしていて、どんなひどいことを言われても言い返すことはなかった。

彩葉が学校に行かなくなった時も、怒ったり、なんで行かないの？　と聞いたりすることもなかった。ママと一緒にいる時は、壊れそうな椅子に座っているような気分だった。彩葉が思い切り体重をかけて寄りかかったらバラバラになってしまうんじゃないかと思うくらい。

そんなパパとママが、彩葉をじっと見ている。すごく不安そうな顔で。ママは泣いていたし、パパは弱々しかった。彩葉がそれでも嫌だと言ったら、パパもママも死ぬのだ。そして、彩葉自身も。

「俺のせいで、彩葉にこんなことを、させるのは、申し訳ないと思ってる」

嘘だ、と、彩葉は心の中でパパを睨みつけた。パパは、絶対に自分のことしか考えていない。自分が死にたくないから、そんなことを言っているのだ。

「うん」

「頼む」

パパが、情けない声を出した。そっか、やっぱりパパは嘘つきだ、とがっかりした。彩葉なんかより、自分の命の方が大事なんだ。ママもそうだ。ちょっとだけ、彩葉を守るようなそぶりを見せたけど、結局はイドに脅されて、もう何も言えなくなっている。さっきまでは、あなたはママが守るから、なんて言っていたのに、全然守ってくれる気がしない。

そっか、そうなんだ。
大人は、みんな嘘つきなんだ。

彩葉の中で、何かがすとんと落っこちた。なんでこんなことになっちゃったんだろう、とは思ったものの、でも、どっちにしろいつかはこういうことになっていたんだろうな、という気もした。彩葉を囲む家族というもの自体、はじめっから嘘でできていて、たぶん彩葉の世界はとっくにおかしくなっていたのだ。そう思ったら、急に何もかもがどうでもよくなって、吹っ切れた。別にどうなってもいいや、と思うと、イドを見てもあまり怖くなくなった。

「その人のところで、普通にしてればいいんですよね」
「おう、それでいいんだ、お嬢ちゃん」

彩葉が、わかりました、と言うと、イドはああしろこうしろといろいろ細かい指示を出してきた。両親が殺されたと言え、とか、うまいことオジサンの家に入り込めたらどうにかしてスマホを手に入れろ、とか。彩葉は、オジサンに気に入られるようなことを言ったりやってあげたりする。例えば、ごはんを作ってあげるとか、一緒に出かけるとか。でも、わざとらしくならないようにしないといけない。怒らせないようにだけ気をつけて、できるだけ普通に話をする。

スパイ大作戦？　彩葉が知らない、昔の映画か何かだろうか。よくわからないけど、イドの言っていることは理解できた。彩葉はスパイになって、オジサンと打ち解けて仲良くなる。そのオジサンが何をしているのか、イドに教える。

それくらいなら、簡単にできる気がした。

自分も、嘘つきだから。

物騒な林檎と世界の終わり

1

　クローゼットから服を引っ張り出し、無言で着替える。だぼっとした黒いフルジップのパーカーに、グレーのワイドパンツ。さらに黒のニットキャップを被る。俺がモノトーンに染まっていくのを、ベッドの上の彩葉がじっとりとした目で眺めていた。その視線があまりにも体にまとわりつくので、さすがの俺も気になってちらちらと彩葉を見なければならなかった。だが、俺が顔を向けると、彩葉は口を尖らせて視線を逸らす。そのやり取りが、もう十分ほど続いている。

「別に、そんな顔をしなくてもいいだろう」

「どこに行くの？」

「ちょっと用事だ」

「もう夜だよ」

「知ってるだろ？　俺の活動時間は基本的に夜なんだよ」

俺は彩葉の言葉を適当にやり過ごしながら、身支度を進める。

俺はひげを剃ろうと、洗面所に向かう。途中、キッチンの流しに置かれた数枚の小さな皿が目に入った。先程済ませたばかりの夕食の名残《なごり》だ。家で食事をした場合は、いつも俺と彩葉が交代で皿を洗う。とはいえ、俺の番の時は、サボって翌朝まで放置することもよくあった。その度に、彩葉から小言を言われる。

やれやれ、と、腕をまくり、洗剤をつけたスポンジを揉みながら蛇口を捻った。思えば、スポンジも食器用洗剤も、彩葉が来てから俺の部屋に置かれるようになったものだ。泡立てたスポンジで食器を洗う、という、おおよそどこの家庭でも普通にしているようなことを自分が同じようにしているというのが、俺にとっては不思議だった。

水の流れる音。

洗い終えた食器の感触。

今日の夕食は、この一ヶ月で四度目のクリームシチューだった。リクエストしたわけではなく、たまたまだ。彩葉のレパートリーもそう多いわけではないようで、初めに俺が旨いと褒めたクリームシチューの登板が多くなるのは自然なことなのだろう。

彩葉の作るシチューには、特段これといった工夫があるわけでも、特別な隠し味があるわけでもなかった。初回はハート形や星形に切ってあったニンジンも、二回目、三回目はさすがに面倒臭くなったのか、普通に切られて出てきた。だが、それは変わらずに旨くて、満腹になるのが勿体《もったい》ないと思うくらいだった。

思えば、「ミルキー・ミルキー」のナポリタンもそうだ。味としては誰にとっても旨いものではないだろう。そこにタバスコやら粉チーズやらをかけるせいで、元の味などあってないようなものになってしまう。だが、俺はそれを、旨い、と知覚する。俺がそのナポリタンを旨いと感じるのは、記憶を呼び起こす味だからだ。フォークに巻かれたあのナポリタンを初めて食べた時の記憶は、いまだに忘れられない。無駄に辛くて、無駄に酸っぱくて、その上無駄に臭かった。きっと、生涯忘れることはないだろう。


部活終わり、夏の炎天下で飲んだコーラ。

「ミルキー・ミルキー」のナポリタン・スパゲティ。

仕事終わりのビールとフライドポテト。


生きるために食物を摂取するという本来の目的とともに、俺はその味の奥に残された記憶に手を伸ばしていた。食べ物を嚙み締める度に、ほんのわずかだけ、頭に残っている記憶が色を取り戻すからだ。

どれほど鮮烈な記憶も、どれほど忘れまいとする想《おも》いも、時間とともに色褪《いろあ》せていく。

きっと、十年後、二十年後、駅前にごみごみとした繁華街があったことや、ザリ川公園の中に川が流れていたことを知る人も少なくなっていくだろう。国道沿いに「ミルキー・ミルキー」というローカルファミレスがあったことも、あの車通りのほとんどない県道四十六号線で、昔、事故があったことも、過去の出来事になっていく。

それはきっと、風化という名の世界の理《ことわり》だ。人の数だけ無数に散らばる小さな世界の記憶は、常に取捨選択される。良くも悪くも人類の財産となるべき大きな出来事や言葉は歴史として記憶され、それ以外は時間とともに風化して、なくなっていく。俺はなんとかその自然の摂理に逆らおうとして、飯を食う。思い出の味が口の中に広がった時、わずかに見える鮮やかな色を求めて、ただそれだけのために食べ物を口に運んでいた。

皿を洗い終えてようやく責任を果たすと、家を出なければいけない時間になっていた。顎を何度か撫で、ひげを剃ることは諦める。

「そろそろ、行ってくる」

玄関から、自分に残された小さな世界を俯瞰《ふかん》する。狭苦しいキッチンと、その向こうのリビング。無機質だった空間には、いつの間にか鮮やかな色を持つものが増えた。グリーンの皿、ピンクのスポンジ。黄色いエプロン。部屋干ししている、彩葉の服。ハンガーにかけてあるバッグと帽子。

無数の色が溢れている彩葉の世界の中で、俺は少し甘えていた。自分も色を持った気になっていたのだ。だが、勘違いしてはならなかった。彩葉のいなくなった後の俺の世界は、相変わらずモノトーンで、白と黒で造られた世界だ。俺という人間は何も変わることなく、黒い服を着て、夜の闇に紛れて不法行為をする、どうしようもない人間に過ぎない。

「何時に帰ってくる？」

リビングから廊下までやってきた彩葉が、相変わらず眉間にしわを寄せながら不機嫌そうな声を出した。だが、俺は生憎、彩葉の機嫌を直すような答えを持っていなかった。

「わからないな。用事が終われば帰ってくる」

「いつ終わる？」

「それもまだわからない。遅くなるかもしれないから、先に寝てろ。悲鳴みたいな音が聞こえても鳥の鳴き声だから、心配するな」

「それはもう平気」

「そうか。なら大丈夫だな」

俺は彩葉の前にしゃがみ込むと、少し躊躇いながら、彩葉の左手に触れた。俺は小さな彩葉の手を両手で包むと、ぐりぐりと少し手の中で転がした。彩葉はあまり嫌がるようなそぶりは見せず、何してんの？　と言いたそうに俺を見ていた。

俺が手をぱっと離すと、彩葉の指に一本の糸が結びつけられた。だが、彩葉が手を動かすと、糸がすぽんと抜けてしまった。俺は「もう一回」と言いながら彩葉の手を握り、またぐりぐりと転がす。手を離すと、彩葉の指にまた糸が結びつけられている。今度はしっかりと結び目ができていて、彩葉が手を動かしても解けなかった。

「また手品？」

「そうだよ。初めて人に見せたから、一回失敗したけどな」

「で、なんなのこれ」

彩葉の指の糸はぴんと張って、俺のパーカーの袖口に消えている。俺は少し腕を動かして、引っ張れ、という意図を伝えた。彩葉が、にこりともせずに糸を引っ張る。途中、少し引っかかりはあったが、やがて金属の軽い音を響かせながら、袖口から鍵束が転がり落ちた。

「これは？」

「玄関の鍵だ。朝起きても俺が帰ってきてなければ、朝飯を買いに行く時に使うといい」

財布から現金を出して、シューズボックスの上に置く。

「朝まで帰ってこないかもしれないってこと？」

「何時になるかわからない、ってことだ」

「そんなこと言って、どっか行っちゃうんじゃないの？」

彩葉の涙袋が、ぷくりと膨れる。その表情に何も感じないわけではもちろんないが、俺は笑って「そんなことねえよ」と言うに留《とど》めた。

靴を履き、我が家をもう一度振り返る。彩葉を中心に、鮮やかな色がちりばめられた俺の部屋。もうそろそろ元の部屋に戻さなければならないし、彩葉を元の世界に返さなければならない。

「じゃあ、行ってくる。大人しくしてろよ」

彩葉に背を向けて部屋を出て行こうとしたが、少しの抵抗を感じて、俺は足を止める。振り向くと、俺のパーカーの裾を彩葉がぎゅっと握っていた。

「どうした」

俺の言葉に返事をせず、彩葉はただもう片方の手を差し出した。小指がぴんと立っている。どういう意図なのかはわかったが、俺は「もう時間がない」と首を横に振った。それでも、服の裾を摑む彩葉の手の力は、弱まる気配がなかった。仕方なく、彩葉と正対する。目をしっかり合わせると、ようやく彩葉が手を離した。だが、俺の前には、小指が突きつけられたままだった。

「なんの約束だ？」

「帰ってくるって」

俺は自分の小指を、ゆっくりと彩葉の小指に絡めた。

「もちろんだ。大げさだな、おい」

音のない、約束。シンクロするリズム。儀式のようなそれは、最後まで静かに執り行われた。彩葉は目を潤ませながら口を結び、最後まで儀式をやり切る。嘘ついたら、のくだりは、何か条件を提示されることはなかった。

「大丈夫だ」

俺は、彩葉に一言だけ伝えた。なんとかするって約束したろ？　いつまでも、こんなところにいるわけにはいかないだろ？　俺の言いたいことのすべては、その一言できっと伝わる。

行ってくる、と残して、玄関ドアを開ける。今度は、彩葉の抵抗は受けなかった。そのまま外に出ると、もうすっかり夜になっていた。アパートの外階段を下り、俺は砂利敷きの駐車場に停めてあるボロ車に向かった。運転席に座ると、一瞬、体の力が抜けてしまったような錯覚に陥る。一分か、もっと短い間だったか、俺は脱力して天井を見上げた。そのまま寝てしまえたら楽だったのだろうが、そうもいかなかった。

俺を包み込もうとする世界を振り切るように、俺は車のエンジンを始動させる。

2

市役所の建物の中に入ると、自分の足音が妙に響いた。古臭いデザインの廊下を、俺は歩く。他に人影はない。

隔週木曜日、市は「働き方改革」の一環として、ノー残業デーを設けている。この日は市職員による夜間対応もなく、致し方ない事情がある職員以外、全員が十八時までの退庁を義務づけられているようだ。事前に入手したシフト表などを見る限り、今市役所内にいるのは、十数名程度の職員と二名の警備員、そして市長だけだ。開かれた市政などというくだらないアピールのために、市長の動向やフロアの構造は事細かにホームページ上で公開されている。不法行為を行う人間には、ありがたい情報開示だ。

時間外の庁舎に入るためには警備員が常駐する裏口を使う必要があるが、もちろん、他に侵入ルートはいくつもある。この国には、夜の市庁舎に潜入して悪事を働くような人間などほぼいないのだろう。お蔭《かげ》で、感覚がマヒしている。俺は一階にある食堂の調理場裏のドアをピッキングでこじ開け、難なく庁舎内に入ることができた。警備員による巡回が始まるまでは、まだ数時間ある。ノー残業デーで職員の大半が帰った後、夜間対応の警備員が勤務を開始するまでの数時間、市役所はもぬけの殻、ほぼ無警戒状態になる。

ただ、この警備のエアポケットは、おそらく意図的に作られたものだ。

川畑の話によると、井戸と市長が会っているのは、市長室だ。市長は、「人払い」をするためにこの制度を推進したのかもしれない。実情がどうかはわからないが、事実として、井戸は市長と会う時はこのぽっかりと空いた空白の時間を利用しているようだ。共謀にせよ、恐喝にせよ、市長室という密室の中で、再開発事業に関する何らかのやり取りが行われていたはずだ。市長に話を聞いて、井戸の弱みになるような事実を聞き出すことができれば、井戸との交渉の成功率はぐっと上がる。

誰もいない廊下から、非常階段に入る。エレベータでは一般人が直接市長室や市議会の議場に行くことができないようになっているが、非常階段はその限りではなかった。「非常用」であるが故に、施錠もされていない。とはいえ、市長室のある九階まで階段を上るのは、運動不足の身には結構辛《つら》い。太腿《ふともも》が張り、息切れを起こし始めた頃、ようやく九階に到達する。九階フロアは一階の小汚い床と違って、まるでホテルのような絨毯《じゅうたん》敷きだ。柔らかい床は足音も消える。俺は音を立てることもなく、誰の目にも留まらずに目的地まで辿り着くことができた。

市長室というプレートが打ちつけられたドア。当然、鍵がかかっているものと思いながらドアノブを掴む。ゆっくりと手首を返すと、抵抗なくノブは回った。前に向かって力を入れると、当たり前のようにドアが開く。俺は、ドアを開き切る前に一度呼吸を整えた。市庁舎の警備が無防備なのは予定通りではあったが、それにしても無防備すぎる、という違和感があった。なんとなく、市長室に引きずり込まれていくような感じがしたのだ。

意を決して、ドアを開ける。市長室の中は電灯もついていない暗闇だ。今日はもう市長が退庁したのかもしれない、とも思ったが、俺の警戒心は依然として解けなかった。俺の部屋に彩葉がいる時と同じような、空間を埋める人の気配を感じたのだ。

市長室の中は、整然としているようで雑然としているようにも見える不思議な空間だった。手前に応接スペースがあり、中央は多目的に使えそうなオープンスペース、そして窓際に市長のデスクがある。デスクの背面にある窓のブラインドの羽根はすべて閉じられていて、外の光は入ってこない。室内を照らしているのは、俺が開けたドアから入ってくる廊下の明かりだけだ。

光が届く範囲まで踏み込んで闇に目を慣らすと、市長席の革椅子に座る人影があるのがわかった。ただ、椅子は窓側を向いている。背もたれの上に飛び出した、人の頭が見えている状態だ。

「市長か？」

呼びかけに対する答えはない。椅子に座っている人間は、眠っているか、あるいは死んでいるか。別にどちらでも構わないが、俺は市長席に近づき、椅子の正面に回り込む。

案の定、椅子には市長が座っていた。

座らされていた、と言った方が正しいかもしれない。

ぐったりとして動かない市長の首元に、俺は手を差し入れる。体温と脈拍で生きていることは確認できたが、意識はないようだった。おそらく、睡眠薬のようなものを飲まされている。市長は両手を肘置きに縛りつけられ、両足も拘束されていた。腰の辺りも粘着テープで椅子に固定されていて、口にもテープが貼られていた。まるで、強盗にでも遭ったかのような有様だ。

俺が市長の頰っぺたでも小突いて起こそうかと思った瞬間、部屋の電灯がついて、ドアが閉まる音がした。自然と目が向く。そこに誰がいたかは、予想通りだった。

「テッテレー」

ドッキリ大成功、などと言いながら、井戸がドアの内鍵をかける。井戸は俺から少し距離を取りつつ、市長室の壁に寄りかかった。オールバックにサングラス。ダークスーツに革手袋。

「せっかくのドッキリなのに、驚いてくれねえのかよ」

「まあな」

「なんでだよ」

「こういうこともあるんじゃないかと思ってたからな」

「かわいくないねえ、相変わらず」

井戸は鼻で笑いながら、一度、俺から目を逸らした。どうやら、井戸は一人で来たようだ。市長室の外に人がいる気配は感じられない。

「で、こんなところに何しに来たんだ？　交渉屋さんよ」

「話をしにだ。市長と」

「話、ねえ」

「そっちこそ、俺になんの用だ？」

「あんたに？」

「もし、俺をこの街から排除する目的なら、警備員に通報でもしときゃよかっただろう。俺は市長室に忍び込んだ不審者で、市長はこのザマになってる。俺じゃない、と言ったところで言い逃れもできそうにない。簡単にハメられたはずだが、それをしなかった」

「正直な、それも考えた。でもなあ、それじゃダメなんだよ」

「ダメ？」

「オトシマエ、って言葉、知ってるだろ？」

「まあ、多少聞いたことぐらいは」

「こっちの業界じゃあ、オトシマエってのは大事なんだよ。舐められたら、どんな手を使ってでも踏みつぶしてオトシマエをつけさせる。俺のやってることが黒だろうが、白だと認めさせる。それが大事ってことだ」

「つまり、俺に落とし前をつけさせようってことなのか」

「そうだよ。俺のビジネスの邪魔をして、舐めた口をきいた。きっちりオトシマエをつけてもらわねえと納得がいかない」

だけどな、と言いながら、井戸は壁から数歩前に出て、俺に近づく。俺もまた、デスクから少し離れて、井戸の正面に立った。

「なあ、交渉屋。オトシマエってのは、元々どういう言葉か知ってるか？」

「さあ。考えたこともないな」

「元々はな、テキ屋の兄ちゃんたちが使ってたような言葉でな。うるせえ客が来るとするだろ？　誰に断って店出してんだ、とか、こんな商品でいくらふんだくるつもりだ、みたいな、な。そういう客に納得してもらえるように、売り物の値を引くんだ。これで手を打ってください、ってよ。落としどころ、だの、分け前、だの言うだろ。そういう感じの意味なんだよ」

「よく知ってるな、そんなこと」

「それがな、いつからか、責任を取らせるって意味になった。オトシマエをつける側ってのはな、何か、痛みを伴うようなもんを差し出すわけだ。大金とかな。もしくは、痛みそのものか」

井戸は小指を立て、何度か曲げ伸ばしをした。イマドキはなかなかいないだろうが、昔のヤクザの落とし前と言えば、小指を切り落とす「指詰め」であったことは、俺でも知っている。

「俺に、小指を切り落とせってことか？」

「そんなんで済んだら、こんな面倒臭《めんどくせ》えことはしてねえさ」

「何を言いたいのかわからないが」

「例えばなあ、あんたに金を出させたとする。状況にもよるが、あんたはきっと金を出すだろうな。それも、なんの躊躇もなくだ。金に執着があったら、ウチからかっぱらった金で豪遊してるはずだが、あんたはあんなクソみてえな値段のファミレスで飯を食っていたくらいだ。金なんてどうでもいいと思ってる。それじゃオトシマエにはならねえだろ？　なあ、わかるか？」

「まあ、わからないこともない」

「かといってな、じゃあ指を詰めろと言ったって、それはそれでオトシマエにならねえと思うのさ。そりゃな、指落としたり、鼻削《そ》いだり、耳落としてやりゃ、あんたは苦痛を感じるだろうさ」

――だけど、それだけだ。

井戸がサングラスを外し、スーツの内ポケットにしまう。井戸の目から感情を読み取ろうとするが、鋭い三白眼に浮かぶ感情は複雑だった。

井戸が、怒りや憎しみの感情だけで俺を見ていたなら、それほど恐れることはなかったかもしれない。負の感情は、シンプルでわかりやすいのだ。交渉をする場合、一番楽なのは、相手が「怒り」「憎しみ」「恐怖」といった感情に塗りつぶされている時だ。負の感情は、人間の中で際限なく膨らむ。いずれコントロールが利かなくなって、どうしても表情や行動に表れる。交渉屋は、上手く負の感情を抜いていってやればいい。そのうち、交渉相手には交渉屋の提案が「救い」のように思えてくるのだ。そうなれば、交渉はすんなりと進む。

だが、井戸は違った。怒りや苛立ちも無論あるが、その奥には、愉悦や快楽といった感情が見える。つまり、井戸はこの場を楽しんでいるのだ。だからこそ、リスクがあるにもかかわらず、俺と一対一で対峙《たいじ》している。厄介だな、と、俺は少し身構えた。

「それだけ？」

「痛え、だけじゃオトシマエにならねえだろ。失うのが死ぬほど辛いものを差し出して初めて、オトシマエがつくんだよ」

「失うもの、ねえ」

「そうなんだよ、交渉屋。あんたには失うもんがないんだ。生きてたって死んだって誰も困らねえし、あんた自身もそう思ってる。だからな、ヤクザの事務所に乗り込んできて、アブラぶち撒《ま》いて煙草を吸う、なんて芸当ができるわけだ。けどな、失うもんなんかありません、じゃ俺の気が済まねえんだよ」

「どうすればいいんだ」

「あんたにはな、泣きながら俺の前にひれ伏してほしいんだよ。そして、命乞いをするあんたを、俺は踏みにじりたい」

「捻じ曲がってるな」

「どうかねえ。あんたみたいにな、中身も何もないスッカラカン人間の方がおかしいと思うぜ。俺はな、自分に正直なだけなんだ」

「俺が自分に嘘をついてるってことか?」

「そりゃそうだ。人間てのはな、欲があるから生きてるんだ。いいもん食いてえとか、いい女抱きてえ、とかな。欲がなかったら、さっさと死ぬだろ。だからあんたは、そういう欲がない自分を気取ってんだ」

俺は、困惑していた。

自分の内面を指摘されたからではなく、誰かに興味を持たれる、ということに慣れていないからだ。井戸は随分腹を立てているのかもしれないが、屈服させたい、という気持ちはよくわからなかった。そんな面倒なことをするだけの価値が、果たして俺にあるのだろうか。気に食わなければ、さっさと殺せばいい。

「で、どうするつもりなんだ？」

「まずはそうだな。命ってやつを感じてもらおうかと思ってる」

そう言いながら、井戸はスーツの内側に隠し持っていた、拳銃を取り出した。少しまごつきながら弾倉をセットし、銃口を俺に向ける。

「あまり使い慣れてない感じの手つきだな」

「そうなんだよ。俺はもともと銃ってのが嫌いなんだ。急所に当てると一発で死んじまうからな。でもな、今日はこういう、理不尽に命を奪う力ってやつが必要だったのさ。あんたを這いつくばらせるためにな」

市長室の空気が張り詰める。薄ら笑いを浮かべながら、井戸は舌で唇を湿らせた。撃たれたら、その瞬間に俺の人生は終わる。あまりにもリアリティのない現実の中、俺は井戸に向かって一歩踏み出す。

3

パン、というくぐもった音とともに、室内の置物が砕ける。ようやく目を覚ましたのか、椅子に縛りつけられた市長が、声にならない呻き声を発しながら、身をよじった。

俺は井戸の持っていた拳銃を手で摑み、体から銃口を逸らす。もちろん、命を捨てて一か八かの勝負に打って出たわけではない。井戸はどうやら本当に銃器の扱いにはあまり慣れていないようで、俺に向かって銃を構えた段階では、まだ安全装置が解除されていなかった。隙を見て距離を詰め、どうにか拳銃を奪い取ろうとしたのだ。

俺がもし護身術でもしっかり学んでいれば、流れるような動きで華麗に銃を奪い取ることができたかもしれないが、生憎そんな経験もないし、実際に命のやり取りをする場面で冷静に動くのも難しい。結局のところ、不格好で単純な力勝負になった。

もみ合う中で井戸は安全装置を解除し、引き金を引いた。俺は銃口から体を逸らして事なきを得たが、排出された薬莢《やっきょう》が手に当たって、熱さに思わず手を引っ込めた。すかさず井戸が俺に銃口を向けるが、俺もなんとか食い下がって、今度は井戸の手首を摑んだ。

弾が数発発射され、その度に部屋の中の物が壊れる。体格は俺が上回っているが、腕力自体はほぼ互角だった。力が拮抗《きっこう》して膠着状態が続くと思われた時、井戸が踵《かかと》で思いきり俺の足の甲を踏みつけた。痛みで力が緩んだと同時に井戸は俺の手を振りほどいて数歩下がり、再び銃口を向けた。静かな市長室に、俺と井戸の荒い息遣いだけが響く。

俺は息を整えながら、銃を構える井戸に正対した。

「なんだよ交渉屋、急に命が惜しくなったのか？」

「死ぬ前に、やらないといけないことがあるんだ」

「やらないといけない？」

「交渉さ」

交渉屋だからな、と、俺は胸を押さえながら大きく息を吐く。ようやく少し、弾んでいた息が元に戻ってきた。

「この状況で、交渉できる立場だと思ってんのか？　バカなのか？」

「一応、交渉の場は作ったつもりでいる」

俺は、静かに自分の右手を井戸に向ける。俺のパーカーの袖口から一本の紐《ひも》が出て、井戸の左手首に繋がっている。出発する時に彩葉で試した手品だ。練習では一度失敗してすっぽ抜けたが、本番では一発で上手くいったようだ。井戸の手首の紐は固く結ばれていて、そう簡単に解くことはできない。本番用の紐は彩葉に試したものとは違って強度の高い特別製だ。手で引きちぎることは不可能だ。

「おい、なんだよこれ」

「あまり引っ張らない方がいい」

パーカーのフロントジップを開けて内側を見せると、井戸が舌打ちをした。俺はオーバーサイズのパーカーの下に、川畑が〝リンゴ〟と呼んでいる手榴弾《しゅりゅうだん》を括りつけたベストを仕込んでいた。

一般的な手榴弾は、ピンを引き抜いて安全装置が外れると、数秒待って炸裂《さくれつ》するようになっている。今回用意したものは信管部分に手が加えられていて、安全装置が外れればすぐに起爆する。〝リンゴ〟が一つ爆発すれば、半径五メートル以内にいる人間はほぼ間違いなく即死だ。そのあまりにも物騒な果実が、俺の体に八つぶら下がっている。

安全ピンは、井戸の手首の紐と繋がっている。井戸が俺を撃てば、俺の体が倒れると同時に紐が引っ張られてピンが抜け、そのまま安全装置が外れる。

わざわざ事細かく説明せずとも、井戸に俺の意図は伝わったようだった。井戸は忌々しげに紐を解こうとしたが、すぐに諦めた。無理だということをすぐに悟ったのだろう。

「お得意のバンザイアタックか」

「別に、死にたいわけじゃねえさ。そう思っていたら、もうとっくにピンを引き抜いている」

「俺が交渉を拒否した時は？」

「その時は、ピンを抜くことも考える」

「なんだよ、結局は自爆覚悟の脅迫じゃねえか」

「この状態の方が真剣に考えるだろ。お互いな」

井戸は鼻で笑うと、足元に銃を転がした。ようやく、交渉の舞台が整う。

「食えないね、あんたは。俺がいるって、最初から確信してたんだろ？」

「確信はなかったが、予想はしてた」

「で、なんだ。俺と、なんの交渉をしたいって言うんだ？」

　俺は井戸の目を見る。人の言葉が信用できるかどうかは、目を見ればわかる。井戸は感情的なように見えて、したたかに本心を押し隠すこともできるようだ。俺にしてみれば、読みにくいタイプの人間だった。

「最近、ちょっとした縁で、ある子供と出会った」

「子供？」

「彩葉、という名前の」

　彩葉、という言葉を出した瞬間の井戸の視線を注視する。表情はほとんど変わらなかったが、目の奥に微かな感情の揺らぎが見えた。俺は、知っているな、と確信する。

「で？」

「両親がトラブルに巻き込まれたから助けてほしい、と言ってきた」

「そのガキがあんたの依頼者ってわけか？」

「そういうことだ」

「俺となんの関係があるんだよ」

「それは、自分が一番よくわかってるだろ？」

「知らねえな、とは言わしてもらえねえわけだ」

手首の紐を弄《もてあそ》びながら、井戸が俺に一歩近づく。俺は同じだけ離れて、紐のテンションを維持する。ピンが抜ければ、俺も井戸も、ついでに市長も、一瞬のうちに全員が即死するだろう。後で人に面倒をかけそうな結末だが、それはそれで構わないと思っている。井戸が死ねば、おそらく彩葉には自由が戻る。最終手段としては悪くない。巻き添えになる市長は少しかわいそうだが。

井戸は、絶対に俺と交渉するしかない。いくら知らないと言い張ったところで、話がまとまらないのであれば、俺はピンを抜けばいいだけなのだ。俺は、死んでも別に構わない。だが、死にたくない井戸は、彩葉の解放という第一条件を呑まざるを得ない。交渉の下地として、まずはこの構図を作らなければならなかった。

「つまり、俺に、ガキから手を引け、というわけか？」

「彩葉の両親からもだ。まだ生きてるならな」

「そのガキとあんたになんの関係があるんだ？」

「特に何もない」

「じゃあ何か？　特に関係もない、見ず知らずのガキに頼まれて、爆弾ぶら下げながらここに来たってのか？　あんたになんの得があんだよ、そんなの。バカじゃねえのか」

「まあ、それは間違ってない。あまり賢い方じゃねえからな」

「なのに、俺がノーと言ったら、この紐引っ張って死ぬつもりか？」

「交渉が決裂なら、そうするしかない。仕事だからな」

俺が井戸の目を覗き込むのと同じく、井戸もまた、俺の目を探るように見ていた。しばらく無言の時間が流れた後、井戸は薄い笑みを浮かべながら、首を横に振った。

「いいか、交渉屋。答えは、ノーだ」

「答えがノーなら、死ぬことになるが」

「残念だけどな、もうあんたに前みたいなヤバさは感じねえんだよ」

「ヤバさ？」

「あんたが事務所に来た時、正直に言うと俺はビビったよ。死ぬかもしれねえってのに、あんたは何も感じてなかったからな。死にてえとも思ってねえし、生きてえとも思ってなかった。無だよ、無。あんたは無だったんだ」

「さあ。自分じゃわからないけどな」

「あんたは、今日の自分があの時の自分と同じだと思うか？　全然違うんだ。全然、だ。あの、人を引きずり込むような、底なし沼みてえな空虚さが、今日のあんたにはまるでないんだよ」

井戸はそう言いながら、紐のついていない手をスーツの胸ポケットに突っ込む。取り出したのは、スマートフォンだ。誰かに電話でもするのかと思ったが、そうではなかった。井戸はスマートフォンの画面を、俺に向ける。画面に映っていたのは、あまり色のない四角い空間。これといって目につくものもなく、何か特徴があるわけでもない部屋だ。だが、俺には一目でそれがどこなのかわかった。

俺の部屋。

リビング奥のベッドには、枕を抱えた人間の姿が映っている。

「おい樋口、もう少し寄ってやれよ」

井戸がスマホに向かって指示を出すと、映像がぐっとベッドの上に寄った。画面いっぱいに、涙袋を膨らませた彩葉の顔が映し出された。彩葉はカメラの方向を見ようとはせず、少し俯《うつむ》いて固く口を閉ざしていた。

「俺が死ぬとガキも死ぬことになる。つまりだ、どういうことかわかるか？　わかるよな」

「ああ、わかる」

「動くなよ、交渉屋」

井戸はポケットから折り畳み式ナイフを取り出すと、俺に一歩近づき、手首に結ばれた紐に刃先を当てた。強度のある紐とはいえ、刃物に対抗できるほどの強靭《きようじん》さはない。こするように刃を滑らせると、いとも簡単に紐は切れた。井戸は転がしてあった銃を拾い上げ、スーツの内側に収めながら悠々と俺の前に戻ってきた。

「人間てのはな、脆弱《ぜいじやく》なもんだ。生に執着するほど、弱く、臆病になる。今日のあんたは人間らしい目をしてる。たかがガキ一人のために、死ぬ覚悟でここに来たんだろ？

優しいよなあ」

だけどな、と、井戸はナイフの刃でひたひたと俺の頬を叩いた。

「その優しさがな、あんたをか弱いただの人間にしちまった。あのお嬢ちゃんが、あんたの一番の弱さになったってわけだ」

弱さ、か。

今まで、自分がどういう人間か、などと考えたことがなかった。自分自身に興味はなかったし、人に興味を持たれたこともない。俺という小さな存在がいようがいまいが、世界は変わらない。別に、死ぬ必要がないから生きている。まだ心臓が止まらないから生きている、というだけだった。だが、彩葉と「約束」をしてから、俺は確かに変わったのかもしれない。その小さな約束を背負ってしまったがために、「死ねない理由」ができてしまった。

自分となんの繋がりもない少女に、俺はどうしてそこまでの感情を抱いたのだろう。彩葉を自分の子供のように感じたとか、そういうべたべたした理由ではない。彩葉が生きている瑞々《みずみず》しい世界に触れることで、渇いていた俺は、わずかに潤ったのだ。その潤いが、俺に人間性を与えることになったのかもしれない。だがそれは、「交渉屋」としては致命的だった。

「孤独なあんたには、楽しかったろ？　生意気な小娘との生活が」

井戸が俺の鼻先まで顔を寄せ、満面の笑みを浮かべた。鈍い俺にも、ようやくすべてが理解できた。彩葉を俺の元に送り込んだのは、川畑が予想した通り、井戸なのだ。俺について探らせる意図もあったのだろうが、井戸の一番の狙いは、俺に「生きる理由」を与えることだった。つまり、彩葉を家から追い出した元凶は、俺だ。俺がＴＸＥで余計なことをしたがために、関係のなかった彩葉を巻き込むことになってしまった。

「なるほどな」

「交渉は決裂だ」

「そうだな」

井戸は、俺のパーカーをナイフの刃先でめくり、興味深げに〝リンゴ〟を見た。そして、テロリストかよ、と失笑する。

「さっきも言ったが、俺はこういうもんがあんまり好きじゃねえんだ。一人の人間が死んでいくのに、後悔する暇も与えねえってのは人道に反するんじゃねえかと思うんだよ。あんただって、死ぬ前に後悔したいことくらい山ほどあるだろ？　なあ、わかるよな」

井戸の言葉に、俺は何も返すことができない。交渉材料もなく、交渉の余地もなくなった。後はただ、井戸の好きなように弄ばれるしかない。それでも、井戸の気が済むようにして俺が死ねば、わざわざ彩葉を殺す理由はなくなるだろう。今俺が彩葉にしてやれることは、もうそれくらいしか残っていない。

「俺を殺したいなら、さっさとやればいい」

井戸は笑いながら、焦るなよ、と、また俺に顔を寄せる。生温《なまぬる》い息が頰にかかる。濃い煙草の臭い。ここ数年、煙草を吸わなくなったせいで、その臭いが鼻につくようになった。

だが、それを不快だと思う暇は、俺にはなかった。

「どうだ？　生きてるって感じ、するだろ？」

井戸がそう囁いた瞬間、経験したことのない痛みが、俺の左の脇腹から全身に広がっていった。痛い、なのか、熱い、なのか、よくわからない。ただ、両手がぶるぶると震えだして止まらなくなった。

井戸が一歩下がると、俺の体に何が起こったのかがようやくはっきりした。脇腹に、井戸の持っていたナイフが突き立っている。刃先はすべて俺の腹に埋まり、柄だけが体の動きに合わせて左右にゆらゆらと揺れる。

「抜かねえ方がいいぞ。一気に血が出て死ぬからな」

井戸は可笑《おか》しくてたまらないといった様子で笑いを噛み殺しながら、俺の腹に突き立ったナイフの柄を、手のひらで押し込むように叩く。瞬間、また俺の全身に「生命が脅《おびや》かされている」ことを示す、痛みという警鐘が響き渡った。

言葉もなく、俺は片膝をついた。力が入らない。まるで井戸に跪くかのように、続いてもう一方の膝と両手を床につく。

4

「おい、フラフラしてんじゃねえぞ」

　ゆらゆらと揺れる俺の腰を、井戸が手で叩く。俺は姿勢を保つために歯を食いしばって全身に力を入れるが、その度に激痛で呻くことになる。腹にはナイフが突き立ったままで、足首の方までぬるりとした血の感触が伝わってきていた。

　井戸は市長を椅子ごと部屋の中央まで移動させ、隣に俺を立たせた。その状態で、〝リンゴ〟のピンと繋がっている紐を市長の椅子に括りつける。市長の椅子はかなり重量のあるものだ。おそらく、俺が動くか倒れるかすれば、紐が引っ張られて〝リンゴ〟が起爆することになる。

「俺だけじゃなく、市長まで、道連れにするつもりか？」

「道連れ？　違うな。どっちかっつうと、市長サンがメインなもんでね」

「どういう、ことだ」

「ここのところねえ、市長サンとはずっと、ビジネスについていろいろ話をしてきたんだが、結局、折り合いがつかなくってね。俺としては、さっさと消えてもらいたかったんだが、さすがにな、市長をさらって沈めちまう、ってのはやりすぎだろ？　どうしようかと思っていたところに、まんまとあんたが来てくれたってわけだ」

「やりすぎ、ね」

井戸はスーツの内側からまた拳銃を取り出し、俺の前にチラつかせる。

「見覚えがあるだろ？」

もみ合っている間にうすうす気づいてはいたが、井戸が持っているのは、俺の銃だ。クローゼットの中の、小物入れに入っているはずの。そうか、彩葉か、と、納得がいく。俺と生活をしながら、彩葉は逐一、井戸に情報を送っていたのだろう。俺が銃を持っていること、そしてその保管場所も、井戸は知っていた。俺が井戸の存在に感づいたことも、すべては筒抜けになっていたのだ。

そうとわかっても、彩葉を恨む気にはならなかった。彩葉自身も、両親を人質に取られて致し方なかったのだろう。そりゃそうだ。どこの誰かもわからない俺よりも、実の両親の命の方を優先するに決まっている。第一、彩葉を巻き込んだのは、俺自身に他ならない。

「市長を射殺して、俺に罪を着せる気だったってことか」

「さすが交渉屋、勘がいいな。けどな、あんたは俺の予想以上のものを持ってきてくれたよ」

　これだ、と、井戸がまた俺のパーカーをめくって〝リンゴ〟を指でつつく。

「こいつが、ドカン、といったらどうなる？　あんたもろとも市長は木《こ》っ端《ぱ》微塵《みじん》になって、スゲエことになるだろうな。窓ガラスが吹っ飛んで、市長室はめちゃくちゃの血まみれ。こんなインパクトのある報復のしかたはそうそうねえからな。実行犯はあんただ。でも、わかるやつには、俺がやったんだ、ってことが伝わる。そうなると、どうなる？　なあ、わかるか？　わかんねえか？」

　俺が黙っていると、井戸は鼻で笑いながら「あんたはわかってるだろ」と、俺の鼻を小突いた。

「市長を爆弾で吹っ飛ばすようなヤバいやつだと思ったら、誰も俺に逆らえなくなるだろ？　俺はそういう人の恐怖心につけこんで、もっとデカいビジネスができるってわけだ。だから、市長サンの死にざまってのは、強烈で、グロテスクで、派手な方がいいってわけさ」

　隣で市長が呻きながら暴れようとするが、かなりがっしりと椅子に縛りつけられているようで、身動きはほとんどできない。気持ちはわかるが、椅子ごと市長が倒れたら全員お陀仏《だぶつ》だ。俺は市長に、暴れるとピンが抜けるぞ、とやんわり注意をした。

「なあ、そうやって、人を踏みつけて、上へ上へと上った先に、何があるんだ？」

「なんだよ、説教するつもりか？」

「いや、純粋に、気になっただけだ」

「俺はな、ずっと虫みてえに底辺を這いずって生きてきたんだ。踏みつけられて、搾取されてな。そんな人生で満足できるか？　いやだろそんなの。俺だってな、搾取する側に行ったたっていいじゃねえかよ」

「父親の、せいか」

わずかに、井戸の目の色が変わる。どうやら、暴力団同士の抗争に巻き込まれて死んだ父親の話は、井戸にとって触れられたくない過去であるようだった。井戸の過去や経歴は、川畑がすべて調べ上げている。

「なんだよ、知ってやがんのか」

「調べた、からな」

「調べんなよ。親父は関係ねえ」

「実は、俺も、両親がいない、もんでね」

「お友達になろうってか？　断る」

違うよ、と、俺は苦笑した。笑うと、腹に力が入って痛みが走る。ぶくり、と血が出ていく感覚もあった。

「俺も、若い時は、そうだったからさ。雲の上に向かって、ひたすら上ってた。人を巻き込んでも、何も感じなかった」

「説教臭そうな話だな」

「でも、上りきった時に、気づくんだ。そこには何もねえ、って」

「何もない？」

「ゴールだと思ってる、ところには、何も、ねえんだ。自分がゴールだと思ってるだけで、な。ただ、そのゴールに向かっていくってことが、目的になってる、だけなのさ」

「急にコムズカシイことを言うんじゃねえよ」

「何かに向かって、走っている時だけは、人間、過去を見なくて済むんだ。辛かったり、悲しかったりする記憶からも、逃げられる。現状に満足できなくても、ゴールに辿り着いたら、何か違う世界が待っていると、思ってる」

「知ったようなことを言うんじゃねえよ」

「知ったような、ことは、言ってねえ」

　知っているんだ、と、俺は言葉を付け足した。

「ゴールに向かう思いが、純粋であるほど、人間ってのは、残酷になる。その思いを否定しようとは、思わねえが、そうやって、上に上にと向かった先に待ってるのはな、白黒の、世界だけさ」

「白黒？」

「何も感動のない、彩《いろ》の無い世界――」

俺の目の前に、遊具も川もなくなったザリ川公園の光景が浮かんだ。白と黒と、白と黒が混ざった灰色でできた色のない世界に、ぽつんと、鮮やかに浮かび上がる少年の姿が見えた。少年は振り返ると、にこりともせず、俺に向かって口を開く。

——なんだ、おまえひとりで遊んでるのか?

マコト、と、俺は呟く。俺に初めて、色に満ち溢れた世界を見せてくれた、友達。白と黒で固まっていく俺の記憶の中の世界で、いまだにわずかばかり色を持っている。ザリ川のなくなったザリ川公園で戸惑っている様子のマコトの幻は、次第に姿を変えていった。揺れる髪の毛。金色に光ったかのように見えた後、振り返った顔は、もうマコトのものではなくなっていた。

——キダちゃん、でいいでしょ。

彩葉。

屈託なく笑う彩葉が、俺から遠ざかっていく。その足跡の一歩一歩が、赤や黄の色を生み出して、また消える。俺は、彩葉の後を追おうとして、足を一歩前に出した。

その瞬間、視界がぐらりと歪んだ。俺は誰かの腕に支えられて、その場に踏みとどまっていた。随分血が流れたのか、少し意識が飛んでいた。俺を支えていたのは、井戸だ。

「おいおい、まだ倒れんじゃねえよ。俺も吹っ飛んじまうだろうが」

「井戸さん、よ」

「なんだよ、急に名前を呼ぶんじゃねえよ、気持ち悪ぃな」

「少しだけだが、感謝してるんだ」

「感謝？」

「理由は、どうであれ、俺のところに、彩葉を寄越した」

「それが、なんで感謝なんだよ。騙されたショックで頭がおかしくなったのか？」

「彩葉のお蔭で、やっと気づけたんだ。俺はずっと、色のない、世界にいた。それがすべてだと、思ってた。でも、違った。世界は、俺が思ってるより、少しだけ広かった」

「世界ねえ」

「彩葉は、親元に、返してやってくれ。俺が死ねば、あの子を殺す理由も、もうねえだろ？」

「そいつはどうかねえ。ガキとはいえ、いろいろ知りすぎてるからな」

「子供を殺したとなれば、周囲の見る目も、変わる。やりにくくなるぜ」

「なんだよ、この期に及んで交渉か？」

違う、と、俺は首を横に振る。

「頼んでいるんだ。手をついて、頭を下げるわけにはいかねえが」

俺の体を支えたまま、井戸が大笑いする。

「この状況で、俺に頼み事なんて、正気か？」

「腹を刺されて、正気なわけが、ないだろ」

「ざまあねえな。意気揚々とウチの事務所に乗り込んできた無敵の交渉屋はどこにいったんだ？　交渉どころか、お涙頂戴とはね。そんなにあのお嬢ちゃんがかわいくてしかたなくなったのか？」

「なんとなくだ」

「わかんねえな」

「理屈じゃねえんだよ、こういうのは」

それだけだ、と、俺は笑う。

井戸は再び大笑いすると、俺をしっかり立たせた。まだ意識が朦朧《もうろう》としているが、もう一度現実に意識を繋ぎとめる。足を少し開いて、柔らかい床を踏みしめる。

「あんたが、ウチの社長を土下座させた時、俺はちょっとだけ、あんたに嫉妬したんだ」

「嫉妬？」

「あんな怖いものなし、見たことなかったからな。あれだけガラの悪い連中に囲まれても微動だにしなかった。ありゃカッコよかったね。悔しいけどな、しびれたよ」

「そりゃ、どうも」

「小娘一人に情を移して、ここまで丸くなるとは思っていなかったけどな。けど、俺は漢気《おとこぎ》のあるやつは嫌いじゃないんだ」

井戸はそう言いながら、俺の腹のナイフに手をかけた。力が加わって、刃先が俺の腹の中を抉《えぐ》る。痛みと不快感で吐きそうになるのを堪えるのがやっとだ。

「お嬢ちゃんを助けたかったら、俺が外で煙草を吸い終わるまで、倒れずに堪えてみせろよ」

「堪えたら、彩葉を解放してくれるのか」

「堪えられたらな」

「本当だな」

俺は、井戸の目を見る。倒れずに数分堪えたところで、井戸にはメリットなどない。ただ俺を弄んでいるだけだ。それでも、俺はこの「交渉」にしがみつく必要があった。三十五年の人生を生きてきて、誰かに与えられる何か。それを残して、死の間際にやり切ったと感じることができたら、俺は迫りくる自分の死を、無駄死にでも犬死にでもないと思えるだろう。

井戸という男はどうしようもないクズだが、その目は罪に濁っているのではなく、むしろ透明に見えた。澄み切っていて嘘がないが、きっと何も映らない。悪い人間、と言ってしまえばそれまでだが、井戸は、極めて純度の高い悪人だ。自分が悪いことをしているという意識は微塵もないだろう。正しいとか間違っている、という概念すらないかもしれない。

「本当さ」

井戸の目の奥にあるひとかけらの真実を感じて、俺は頷いた。隣では、相変わらず市長が涙で顔をぐずぐずにしながら呻いている。俺が堪えれば堪えるほど恐怖を長く味わうことになるだろう。申し訳ない、と心の中で謝っておく。

「ま、せいぜい頑張ってくれよ」

井戸は煙草を咥えながら、手をかけていたナイフを勢いよく俺の腹から引き抜いた。ようやく慣れ始めていた異物感はなくなったが、その反動でまた全身が痛みに震えだした。腹の中に溜まっていた血が、堰《せき》を切ったように体の外へと流れ出ていくのがわかった。

目の前が白くなっていく。なるほど、これは煙草一服分堪えるのは至難の業だな、と苦笑しつつ、俺は消えゆく意識を繋ぎとめようと歯を食いしばる。

5

真っ白な世界。

どこもかしこも白一色で、黒さえも存在しない空間の中に、俺は立っていた。倒れてはいけない、と脚に力を入れるが、ふわふわとしていて体重の置き所がわからない。

少し離れたところに、一人の子供がしゃがみ込んでいるのが見えた。俺の目に風景は見えないが、姿勢や動きから見て、川の中でザリガニ獲りをしているのだろう。白い世界の中で、浮き出すように見える、子供の背中。もちろん、俺はあいつを知っている。

名前は？

いつの間にか、子供がすぐ近くまで来て、俺を見上げていた。すぐ近くだが、手の届かない距離。くりくりとした目を向ける子供に向かって、俺は答える。

「澤田マコトだ」

子供は困惑したように片眉を上げると、俺に向かって指を差した。そして、嘘つき、と、歯を見せた。

「嘘つき、とはどういうことだ」

ポケットからカードケースを取り出し、免許証を子供に向ける。免許証には、とぼけた表情の俺の写真と名前が記載されている。

サワダマコトはオレだから。

マコトはそう言うと、もう一度俺を指差し、「嘘つき」と怒鳴った。言葉を返す間もなく、時間が巻き戻り、再びザリガニ獲りをするマコトの背中が見えた。マコトはまた一瞬のうちに俺の目の前へとやってくる。そして、くりくりとした目で俺を見上げながら、同じことを聞いた。

名前は?

少し戸惑いながら、俺は「キダ」と答える。

キダか。オレは――。

「知ってる。お前はマコトだろ」

マコトはにやりと笑うと、じゃあ行こうぜ、と走り出した。俺はマコトの後をついて行こうとしたが、足がふわふわとして前に進まない。だが、走っているように見えるマコトも、俺から一定の距離を保ったまま、先に進んではいかない。

マコトの背中を目で追っていると、隣からふわりと入って来た少女が、俺に向かって砂のようなものを投げつけてきた。うわっぷ、と顔を逸らすが、遅かった。口の中に砂が入って、じゃりじゃりと音を立てる。少女が、俺の姿を見て、けらけらと笑う。ヨッチ、と、俺は口の中で呟いた。後によくつるむようになるヨッチは、小五の時に転校してきた。初めて話した時はケンカのようになって、校庭の砂を投げ合ったものだ。

二人の子供は、俺の前を走る。走りながら、次第に成長していくのがわかった。小学生から、中学生に。中学生から、高校生に。二人は俺の少しだけ前を走っていたが、時折、俺がついてきているか確かめるように振り向いた。その度に、マコトはロケット花火を飛ばし、爆竹を投げ、無駄に俺を驚かす。ヨッチはにやにやと笑いながら、フォークに巻きつけたナポリタンを俺の口に捻じ込んだ。粉チーズとタバスコが山ほどかかったそれは、辛くて、酸っぱくて、臭い。

マコトに何度も驚かされ、後ろに回ったヨッチに尻を蹴られる。何故いちいちそんなことをするのか、とも思ったが、そういう行動の一瞬だけ、俺と二人の距離は縮まった。つまりは、そういうことなのだろう。

そうこうしているうちに、昔「友達」と呼んでいた連中が次々に合流して、賑やかな集団になっていった。先頭を走るマコト。その隣を走るヨッチ。少しの間、わいわいと騒ぎながら集団に交ざって走っていたが、突然、目の前が真っ暗になった。真っ白だったはずの世界は、暗闇というより、黒という色そのものに変わってしまっていた。もう、前を走る「友達」の姿も見えなくなっていた。

「お、おい」

真っ黒な世界に向かって手を伸ばした俺の横を、ふわりと何かが通り過ぎた。少し遅れて、ほんのりと人間の匂いがした。

ねえ、キダちゃん。

一日あれば、世界は変わっちゃうんだよ。

余韻もなく、音はすっと溶けた。気がつくと、黒い世界に真っ白な人間が一人だけ残っていた。俺の前を、ひたひたと歩いている。

「マコト？」

ちらり、とマコトが振り返る。だが、色を失ったマコトの目は透き通っていて、俺が見えているのかどうかわからなかった。マコトは、またひたひたと歩き出す。俺にとっては永遠にも感じられるほど長い間、同じ光景が続いていた。真っ暗な世界の中、ただマコトの背中を追い続ける。ひたひた、というマコトの足音だけが、ずっと響いている。

突然、ばん、という音とともに、黒い世界の中に明かりが灯った。が、先程までの目が覚めるような真っ白の世界とは違って、頼りない光が辛《かろ》うじて周辺を照らしている、という程度だ。コンクリートの壁に囲まれた空間の中で、マコトはようやく立ち止まり、俺を見た。

モノトーンの世界の中で、マコトは何か、言葉を待っているように見える。こういう時、俺はなんと言えばいいのだろう。わからない。マコトは、ほんのりと口角を上げ、黙って四角い空間の中に佇んでいた。俺が言葉を選んでいる間、自分から口を開くことも、文句を言うこともなかった。

俺は、マコトがどんな言葉を求めているのか、をまず考えていた。だが、いくらマコトの目を見ても、答えは見えてこない。そうか、と気づくのに、少し時間がかかった。マコトは何か言ってほしい言葉があるのではなく、俺に「何か言え」と求めているのだ。だが、俺の中にはマコトにかける言葉が存在しなかった。いたたまれなくなった俺は、マコトから目を逸らした。

そして、「またな」と笑った。

その瞬間、世界は粉々に砕けた。

俺の目の前で、空間そのものがガラスのように砕け散り、無数の破片となって俺の体に降り注いだ。壁も、マコトも、光も、すべてが砕けて舞い散り、俺の体に突き刺さる。全身を襲う痛みに、思わず目を閉じる。

再び目を開けると、俺は白と黒でできた、小さな空間に立っていた。

ここは、俺の部屋か。直感でそう思う。

小さな空間で、俺は何もせずに立ち尽くしているだけだった。見るものもなく、聞く音もなく、嗅ぐにおいもなく、味わう食べ物もなく、触れる温《ぬく》もりもない。自分自身が冷えて固まっていくような寒さを感じて、俺は呻いた。

なあ、もういいか？

俺も――。

立っているのも嫌になるくらい、疲れていた。もういいか。体から力を抜こうとすると、突如、目の前に長方形の空間が開いた。扉が開いたのだ。その瞬間、俺の世界にありとあらゆるものが流れ込んできた。色、音、におい、味、手触り。ゆらゆらと揺れながらも、俺は立っている。どこに？　ここは、一体、どこだ。

「キダちゃん！」

悲鳴のような声が響く。開いた扉から流れ込んできたものは、俺の前に見覚えのある光景を作り上げていた。扉。柔らかい床の感触。痛み。血の臭い。
市長室。俺は、まだ現実の中で立っていた。井戸が閉めたはずの扉が開き、目の前に必死の形相で俺の名を呼ぶ少女の姿が見えた。

彩葉――。

来るな、と言おうとしたが、声にならなかった。彩葉が、扉の内側に飛び込んでこようとする。だが、俺の意識が戻ったのは、命が最後に見せる閃《ひらめ》きのようなものに過ぎなかった。しだいに、世界はまた真っ白に塗りつぶされていく。俺は疲れていて、今すぐにでも座りたかった。

「来るな」

俺の脚から、いや全身から、力が抜ける。

交渉屋（5）

「すみません、忘れ物しちゃったんですけど！」

　市庁舎の裏口、警備員室の前で、娘が騒ぎ立てる。暢気な顔の警備員が出てきて、「時間外だから」「許可証が」などと、マニュアル通りの対応をしている。

　氷室は、警備員の男が娘に気を取られている間に身をかがめて庁舎内に滑り込み、警備員室に入って男の背後に回る。そのまま、両腕を男の首に回して、あっさりと絞め落とす。力なく座り込んだ警備員の口に粘着テープを貼り、両手両足をぐるぐる巻きにして転がしておく。

　警備員室の壁に掛けられたディスプレイに、防犯カメラの映像が流れている。その中に、絨毯敷きの廊下と、やたら重厚な扉が映し出されているものがあった。扉が開き、煙草を咥えた男が一人、廊下に出てくる。手には、拳銃を持っている。

　映像の端に記された文字を見る。「9F市長室前」と書かれている。

「ねえ、何してんの、オジサン、早く！」

「エレベータの前にいろ」

　氷室は防犯カメラの記録装置と思われる機械を足元から引っ張り出し、電源を抜いた。

ディスプレイに映し出されている映像の半分が消え、市長室前も映らなくなった。上着の内側にいつも隠してあるホルスターから拳銃を抜き、記録装置に向けて二発撃つ。おそらく、弾痕がついたところに、ハードディスクが搭載されているはずだ。

騒ぎ立てる娘を追って、警備員室を出る。娘はエレベータの扉を開いて待っていた。氷室が飛び込んで階数ボタンを見るが、「9」の数字はない。どうやら、一般人が立ち入れないようになっているようだ。どこかに専用のエレベータがあるのかもしれないが、それはIDカードのようなものがなければ使えないだろう。

「このエレベータでは行けない」

「じゃあ、どうすんの！　早くしなきゃ！」

氷室は娘を連れて外に飛び出し、天井を見る。緑の光。走る人間のピクトグラムを確認し、その方向を目指す。すぐに、非常階段が見つかった。

「先に行くぞ。九階だ」

足の遅い娘を捨て置いて、階段を駆け上がる。体力には自信があるが、それでも九階まで上がるのは骨が折れた。九階に到達すると、ドアの前に立ち、息を整える。遥か下から、娘が階段を上ってくる音が聞こえる。

気配を消し、扉を開ける。足音が消える柔らかい床は、氷室にとって好都合だ。防犯カメラの位置を見ながら、先程警備員室で見た場所がどの角度か考える。用心して廊下を進むと、それらしき場所が見つかった。氷室はしゃがみ込むと、ポケットから柄のついた鏡を出して、床を這わせるように曲がり角につき出した。曲がった先の光景が、鏡に映し出される。廊下に男が一人立っていて、暢気に煙草を吸っている。

井戸茂人だな。

夕方、川畑の事務所にいた氷室の携帯が鳴った。時代に取り残された感のある二つ折り携帯を取り出すと、氷室は首を捻った。この携帯の番号を知っている人間など、ほとんどいないはずだ。訝しく思いながら電話に出ると、声の主はすぐにわかった。キダだ。抑揚のないとぼけた声には特徴がある。児童養護施設の先生の件で、キダには電話番号を教えていた。もうかけることもないだろうと、番号は登録していなかったが。

電話の用件は、よくわからないものだった。今日、これから外出するので家にいる娘の様子を見にいってほしい、という内容だ。素性のわからない娘が事務所にやってきて、川畑がキダに預けていることは氷室も知っている。だが、もう一ヶ月になろうかという中で、何故急に様子を見てほしい、などと言うのか理解ができない。

あいつは本当に嘘が下手だな、と、氷室は鼻で笑った。

この世界にいる人間は、ほぼ全員が嘘つきだ。だが、嘘をつく能力を持たない人間というのも稀《まれ》にいる。キダはおそらくそれだ。嘘をついてみても、結局嘘になっていないし、何を考えているかも丸わかりだ。

「川畑さん」

「ん？」

「キダから連絡が」

「なんだって？」

「よくわかりませんが、おそらく、今夜動くと思います」

「そうか、結局一人で動くつもりなんだねえ」

残念だなあ、と、川畑は笑ったが、その笑いの奥にあるものを垣間見《かいまみ》ると、氷室は毎度、背筋が凍る。好々爺《こうこうや》のような笑顔の奥に潜む真実が表に出れば、きっと、川畑という男に近づこうとする者はいなくなるだろう。

「じゃあ、頼めるかね」

「承知しました」

川畑が、封筒に入った金を机に置く。氷室はそれを懐に収めると、軽く礼をした。

この世界には、嘘つきしかいない。氷室は脳裏に浮かぶキダの大柄な後ろ姿に、そう語りかける。川畑もそうだし、あの娘もそうだ。そして、氷室自身も。

「氷室」

「はい」

「今回は、みな生かしておいてくれよ」

「わかりました」

殺し屋に言うことじゃないけどねえ、すまないね、などとのんびりしたことを言いながら、川畑が旨そうに茶を啜った。


氷室がキダの家に着いたのは、日が落ちてしばらくしてからのことだった。施錠されていない玄関ドアからそろりと忍び込み、リビングの様子を確認する。男が一人、子供が一人。氷室は勢いよく部屋に飛び込み、啞然《あぜん》としているスキンヘッドの男に銃を突きつけた。眉間に照準を合わせるが、この男は殺さなくていいのだ、と思い出す。ならばと、すかさず両足の甲を撃ち抜くと、男は悲鳴を上げながら床を転げ回り、あっという間に戦意を喪失した。

男を片づけ、娘に向き直る。いきなり目の前で銃を撃った氷室に恐怖するかと思えば、娘は「オジサンも悪い人なの？」と聞いてきた。氷室は、少々面食らう。「悪い人だが、キダに頼まれて来た」と答えると、娘は氷室の服を摑んで、キダが大変なことになっている、と早口でまくし立てた。

——オジサン、市役所に連れて行って！

川畑は、娘が井戸の仕掛けた罠であるということに感づいてはいた。キダがTXEで勝手な行動をしてから、井戸がキダに目をつけていることも把握していたし、いつか報復行動を起こすだろう、ということも予測していたのだ。そんな折に、この娘が事務所にやってきた。川畑が、それを「偶然」と処理するわけがなかった。

信じられないことに、川畑の頭の中には過去すべての依頼とその経緯が記憶されている。氷室は時折資料のファイリングを手伝うこともあるが、その必要があるのかと思うくらいだ。川畑は、過去にキダが「交渉」した佐々木という男が井戸と付き合いがあることも記憶していて、調べてみると、娘が事務所に来た頃に佐々木が街から姿を消していることがわかった。

川畑は、この娘は佐々木の子だと読んでいた。おおかた、佐々木は妻と一緒に監禁されていて、娘は両親の命と引き換えに無理矢理事務所に送り込まれてきたのだろう。娘が「キダのところに行きたがった」という事実からも、ターゲットがキダであることは明らかだった。川畑は、娘を泳がせるためにあえてキダのところに行くことを許した。

娘にとってみれば、キダとの生活は望んだものではなかっただろう。にもかかわらず、娘は自分の身よりもキダを案じているように見えた。生活を共にしながら、二人の間に何か絆《きずな》のようなものが生まれたのかもしれない。氷室が、子供は家にいろ、といくら言っても、娘は聞かなかった。結局、娘を連れて市役所まで来るはめになり、そして今に至る。

絨毯敷きの九階廊下に突き出した鏡を戻したところに、後ろから追いついた娘が忍び寄ってきた。氷室は、動くな、と身振りで伝え、銃を構える。何度か頭の中で動作を確認し、呼吸を整えた。腹に力を入れ、廊下の角を曲がる。煙草を咥えた井戸の顔がこちらを向くか向かないかの間に、氷室は引き金を引く。一発目は、正確に井戸の手の拳銃を弾き飛ばした。転がった拳銃を素早く追って足で踏み、すぐに第二射の構えに入る。ようやく氷室を認識した井戸が向かってくる。

続けざまに二発。

氷室の撃った弾は、井戸の両太腿を撃ち抜いた。一瞬、井戸が棒立ちになる。本来なら、この瞬間に眉間にとどめを撃ち込むのだが、今日は「生かしておけ」と言われている。反射的に撃ってしまいそうになるのをなんとか堪えると、井戸が少し遅れて悲鳴を上げ、その場に倒れ込んだ。踏んでいた井戸の拳銃を拾い上げて弾倉を抜き、一発撃って薬室も空にする。すぐに、倒れた井戸の頭を膝で押さえつけ、動くな、と警告する。体を探ると、ポケットから折り畳み式ナイフが出てきた。ナイフには、べったりと血がついている。やられたか、と、氷室は舌打ちをした。

氷室の脇を、娘が駆け抜けていく。行くな、と止める間もなく、娘は市長室のドアを開けた。

「キダちゃん！」

氷室は咄嗟《とっさ》に立ち上がって、部屋の中に入っていこうとする娘の襟首を掴み、強引に引き倒した。そのまま、氷室が先に室内に飛び込む。

市長室の中は、異様な光景だった。部屋の中央に置かれた椅子に市長が縛りつけられ、泣きながら呻いている。その隣には、真っ青な顔のキダがふらふらと揺れながら立っていた。表情から、かなり危険な状態なのがわかる。おそらく、井戸が持っていたナイフでどこか刺され、大量に出血しているのだろう。

キダの意識は既に朦朧としているようで、氷室を見る目はうつろだった。だがそれでも、何かを伝えようとしている。キダの手が持ち上がって、自分の上着の前を開いた。内側に、〝リンゴ〟が見え隠れしている。キダの服の袖口からは紐のようなものが出ていて、市長の椅子に結びつけられている。キダは、それを懸命に知らせようとしているのだ。おおよその状況は理解できた。もはや、取り返しのつかない状況であるということもだ。

キダの目から意識の光が消えて、体がゆっくりと倒れていく。氷室は銃を構え、狙いを定めた。

——許せよ、キダ。

ぱん、というくぐもった音とともに、血の華が咲いた。

イロトリドリ ノ セカイ

1

「澤田さん、澤田マコトさん」

ああ、俺のことか、と思いながら、ゆっくりと目を開く。目の前に真っ白な世界が広がった後、少しずつ輪郭を持ち始める。白い天井。白いカーテンが開け放たれ、窓から朝の陽光が降り注いでいる。

「検温と、血圧測定しましょう」

俺は、病室の白いベッドに横たわっている。声をかけてきたのは、若い看護師だ。俺の病室の担当で、気さくで明るい性格の女性だった。上体を起こし、手渡された体温計を言われるがまま脇に挟む。看護師は反対側に回って、血圧測定のためのバンドを俺の二の腕に巻いて、ぺこぺこと空気を入れて膨らまし始めた。

「体調、いかがですか？」

「ああ、お蔭様で、もうなんとも」

「痛みは？」

俺の手が、無意識に腹をさする。

「大丈夫」

「そうですか。ほんとうによかった」


俺は結局、一命を取り留めた。


腹の刺し傷はかなり深かったが、人より腹筋に厚みがあったことが命を救う結果になったらしい。高校時代、野球にのめり込んで死ぬほど筋トレをしたのが、二十年の時を経てようやく役に立ったのかもしれない。

俺は意識不明の状態で病院に担ぎ込まれたようで、輸血と緊急手術を受け、三日目に目を覚ました。それから一ヶ月ほど入院することになったが、術後の経過は悪くなく、主治医のＯＫが出れば今日にも退院することになる。腹にはまだ、内出血を起こしたことによる痣《あざ》と手術痕が残っているが、看護師に答えた通り、痛みはもうない。ほとんど死んでいた人間を一ヶ月でほぼ完全に治してしまうのだから、医学とはすごいものだな、と感心する。

正直、自分がどういう状況で倒れたのか、息を吹き返すまでの記憶はまったくと言っていいほど残っていない。かすかに覚えているのは、朦朧とする意識の中、「キダちゃん！」と呼ばれたことだけだ。

彩葉の声が、ほんの一瞬、俺をこの世界に引き留めた。

その後、俺は意識を失って倒れたはずだ。俺の体が倒れれば、紐が引っ張られて〝リンゴ〟のピンが抜ける。その絶望的な状況からどうやって助かったのか不思議でならなかったが、ヒントは俺の手のひらに残されていた。

集中治療室で意識が戻った時、俺は腹だけではなく、手にも包帯を巻かれていた。手のひらには、銃弾が貫通した痕が残っていた。誰かが銃で「偶然」俺の手を撃ち抜いた。その時に、袖から伸びていた紐が「偶然」切れたのかもしれない。

救急車が路上で倒れている俺を発見した時には、どうやら〝リンゴ〟はどこかに持ち去られていたようだ。匿名の市民の通報によって駆けつけた救急隊が、市役所の敷地外に倒れていた俺を発見し、病院に運んで来た。当日、市役所には数名の男たちが忍び込んで市長を脅迫したことになっており、俺はその巻き添えを食って市役所前の路上で襲われた被害者ということになっていた。周囲から聞かされる「事実」は、俺の記憶にある世界とは大きく異なっていた。

犯人はまだ捕まっていない。

防犯カメラの映像も、残っていなかった。

俺の意識が戻るとすぐさま警察の人間が来て、根掘り葉掘り話を聞かれることになった。嘘をついたところで、どうせすぐにバレる。俺はなるべく質問には答えずに、首を傾げるなどしてごまかしていた。そうすると、「記憶がないのですね」「それも無理からぬことですね」などと勝手に解釈して、いいようにストーリーを作り上げてくれた。

一度、あの市長も俺を見舞いに来た。市長襲撃事件のとばっちりを食った被害者に対し、市長が「謝罪と慰問に来た」という体だ。見舞いの途中、市長は「二人きりで話がしたい」と言い出し、病室からすべての人を追い出した。扉を閉め、外の物音が遠ざかると、市長は恥も外聞もなく、俺のベッドの脇で土下座をした。

例の事件については口外してくれるな、という懇願だ。

井戸にハメられて弱みを握られた市長は、ずっと脅迫を受けていたようだ。井戸は新しく作った会社を駅前再開発事業の中核に捻じ込もうとしていたようだが、さすがに市長の権限だけではすべての要求に応えられない。なんとか譲歩案を示しながら井戸と交渉を試みたものの、結局は決裂、市長は危うく俺もろとも殺されるところだった。そうだろうな、と、俺は納得する。弱みを握られた状態で井戸と交渉するなど、どだい無理な話だろう。

市長は涙ながらに、市長として暴力に屈するわけにはいかなかった、などと語ったが、暴力の前に性欲に屈したのがそもそもの発端だ。児童買春で井戸に脅されていたことをマスコミにでも嗅ぎつけられたとしたら、政治生命は完全に終わるだろう。要は、なんとか事件をうやむやにしたいので黙っていてほしい、という話だった。

嘘をつきとおす自信はあまりなかったが、俺は市長の頼みを受け入れた。別に市長に個人的な恨みがあるわけでもなく、正論を振りかざして糾弾する資格も俺にはない。むしろ、巻き添えにして死なせる可能性もあったのだから、それくらいは呑んでもいいだろう、と考えたのだ。まあわかったよ、と俺が頷くと、市長は嬉々として礼を言い、帰っていった。入院費用やその他もろもろの費用は、すべて市長が個人的に負担してくれることになった。

これで本当に、よかった、のか。

「よかったに決まってるじゃないですか」

俺は少し驚いて、看護師を見た。どうやら、頭の中で考えたつもりの言葉が、口をついて出てしまっていたようだ。看護師は記録簿に体温と血圧を記入しながら、少し怒ったような顔で俺を見た。

「そ、うか」

「澤田さん、ほんとに死ぬところだったんですから。こんな若さで死んじゃったら、悲劇じゃないですか」

「悲劇」

「そうですよ。救急で澤田さんが来た時対応させてもらった同期がいるんですけど、もう先生も、十中八九ダメじゃないかって言ってたみたいです。今こうして私がお話しできているのも、すごい奇跡なんですよ」

奇跡、と言われても、丸二日眠っていただけの俺には、どうにもぴんと来なかった。目が覚めて初めに思ったのは、腹が痛《いて》え、だった記憶はある。

「助けてもらったことには、もちろん感謝をしてますよ」

「救急の先生とか看護師たちも頑張ったと思うんですけど、でも、一番頑張ったのは澤田さんの体ですよ」

「体?」

「やっぱり、本人が生きたいと思わなかったら、奇跡だって起きないですからね。奇跡が起きたのは、澤田さんの体が必死に生きようとしたからですよ、きっと」

また回診の時に来ます、と言い残して、看護師は病室を去っていった。一人残された俺は、無意識に腹の傷を手でさすっていた。その度に、ナイフが刺し込まれた時の、全身が震えるような痛みを思い出す。俺が生きることを捨てていても、俺の体は全力で死を拒絶しようとしていた。もし、ナイフで刺されることなく〝リンゴ〟で吹っ飛んでいたら、俺はそんな体の意志にも気づかず死んでいたのかもしれない。

何もすることがなくなって、ぽつりとベッドに座る。不思議なもので、独りで家にいる時はなんとも思わなかった孤独な時間が、今は手持ち無沙汰に感じた。病院にいると、入れ替わり立ち替わりいろいろな人が来る。医師や看護師だけではない。食事の配膳、掃除やゴミの回収、ベッドのシーツ交換。無論、みな仕事でやっているのだろうが、それでも一言二言、必ず俺に声をかけてくる。

それだけではない。病院といえども、さすがに腹を刺されて一命を取り留めた人間というのは珍しいらしく、俺は病棟の中ではちょっとした有名人になっていた。病室を出ると、担当外の看護師や、自力では立って歩けないような老人まで、俺に向かって「もう傷は大丈夫か」と聞いてくる。もう大丈夫だと答えると、目を細めて「それはよかった」と言う。その度に、よかったのか、と困惑する。

窓の外には、見慣れているはずの街の、見慣れない光景が広がっている。あまり背の高い建物のないこの辺りは、地面にジオラマを貼りつけたように見える。こんな狭苦しい世界の中にも、蟻《あり》のような数の人がいて、その一人一人にそれぞれの人生が用意されている。だが、病室の窓からは人の姿などほとんど見えなくて、建物があり、車が動いているのがわかるくらいだ。

一人で外を見ていると、朝食が運ばれてきた。適量の白米と汁物、小さめの焼き魚とお浸し。文化的で、健康的な食事だ。俺は配膳係の男性に礼を言うと、用意された膳に向かい、両手を合わせて一礼する。

2

午後になって、俺はあっさりと退院した。一ヶ月ぶりの屋外と言っても、何か新鮮な感動があったわけではない。秋が深まって、風がさらに冷たくなったというくらいだ。そろそろ、上に羽織るものを引っ張り出さないとさすがに寒い。

担ぎ込まれた時に俺が着ていた服は血でかなり汚れてしまって、洗っても使い物にならなかった。今着ているのは、自宅にあった別の服だ。新しい服や生活用品を届けてくれたのは、彩葉だった。彩葉に家の鍵を渡していたのが、結果的に俺自身を助けることになった。彩葉は病院側に「俺の親戚」と説明したらしい。ただ、俺がまだ集中治療室にいた間のことで、直接礼を言うことはできなかったが。

彩葉の両親も、どうやら無事であったようだ。

井戸は何者かによって脚を撃たれたせいで市長を脅迫していたことが〝社内〟に露見、ＴＸＥの所有する土地の権利を他の会社に付け替えていたこともバレた、と電話で川畑に聞いた。今は処分待ちの謹慎状態であるようで、おそらくは懲戒解雇という名の破門が待っている。彩葉や彩葉の両親にちょっかいをかける余裕は、もうないだろう。既に両親は解放されて、彩葉は元の家に戻ることができたらしい。形はどうであれ、「なんとかする」という約束を果たせたことには、少しほっとした。

駅に向かう交通量の多い道の脇を歩いていると、突如、着信を知らせる振動を感じた。例の如く、スマートフォンは尻ポケットに突っ込んである。俺は慌てて人の邪魔にならない場所まで移動し、背負わずに手に持っていたリュックを地べたに置いて、ぶるぶると震えるスマホをポケットから引っ張り出した。ディスプレイに表示されている名前は、彩葉だった。

少しの間、電話に出ることを躊躇っていたが、それでも着信は鳴りやまなかった。俺は仕方なく、画面を操作してスマホを耳元に持っていった。

「キダちゃん？」

「そうだ」

「彩葉だけど」

「わかってる」

「退院したの？」

「ついさっきな」

「もう平気？」

「大丈夫だ」

彩葉も俺も、お互い、探り合うように言葉を切る。つい一ヶ月前は何も考えなくてもしゃべっていられたのに、今はそれが難しい。彩葉は俺に嘘をついていた。そして俺も、最後に「帰ってくる」などと嘘をついて家を出た。当然、帰ってこられない可能性があることも俺はわかっていたし、彩葉もそれに感づいていただろう。

嘘をつくことは簡単だ。だが、嘘であることがわかった時、それまでに積み上げたものすべてが嘘になってしまう。なんとなく打ち解けあったことも、一緒に飯を食ったことも、笑い合ったこともだ。嘘で固められた記憶は、真実に比べるとガラスのように脆弱だ。砕けてしまったら、元には戻らない。

「今日は、この後、どうするの？」

「一度、家に帰るつもりだ」

「今どこ？」

「駅のすぐ近く」

「歩いて帰るの？」

「そのつもりでいる」

「じゃあ、あのおっきい公園に行くから」

俺は、なんと返せばいいかわからなくなって口を噤んだ。沈黙に堪えるのは昔から苦手だ。深呼吸をして、すぐに気持ちを整える。

「やめたほうがいい」

「どうして」

「わかるだろ？　もう、俺に関わるべきじゃない」

「わかんない」

「わかるだろ」

電話の向こうで、今度は彩葉が押し黙る。彩葉だって、わかってはいるのだろう。非日常は終わって、元通りの日常が戻ってきたのだ。その日常が彩葉にとって天国とまでは言えなくても、それでも、俺のような人間と関わるよりはずっとマシだろう。

「スマホ、返さないといけないし」

「売るなり捨てるなりすればいい。解約は、そのうちしておく」

「そういうことじゃなくてさ」

「どういうことでもいいんだよ」

「嫌いになった？」

「好き嫌いの問題じゃない」

「許せない、とか」

「そんなことはない。むしろ、俺のせいだったんだろ」

「じゃあさ、一回くらい、会ったっていいじゃん」

「それで、何か変わるもんでもないだろ」

電話の向こうから、んー、という苛立ったような唸り声が聞こえてくる。口を尖らせながら、眉間にしわを寄せている彩葉の顔が、容易に浮かぶ。

「ねえ、やめようよ、こういうの」

「こういうの?」

「別れ際のカップルの痴話ゲンカみたいな」

俺は不覚にも噴き出し、それまでなんとかしてぴりっとさせようと張っていた気が抜けた。笑いとは不思議なものだ。どれだけ真剣に話をしていても、笑ってしまえばその時点で負けになる。一度緩んでしまった空気は、もう二度と元には戻せない。

「だから、どこで覚えてくるんだ、そんな言葉」

行くからね、という言葉を残して、通話は終わった。俺は、やれやれ、とため息をついたが、正直に言えば、少しほっとしていた。お互い、腹に何かを抱えながらも、一ヶ月もの間、あの狭苦しい部屋で一緒に生活したのだ。ぶつかることもイラつくこともあったが、今となってはネガティブな記憶はあまり残っていない。水族館と騙されて、絶叫マシンに乗せられた恨みくらいだろうか。

市長室で井戸が言った通り、俺は彩葉と一緒にいることで、人間に戻ろうとしていたのかもしれない。どこかに置いてきたと思っていた感情は、自分の奥底に押し込めていただけだった。俺が長い年月をかけて、冷たく固めてきた心を、彩葉はたった一言で簡単に溶かしてしまった。

——キダちゃんさ、初めて笑ったよね。

もし彩葉が「公園に行く」などと言ってこなかったら、俺から彩葉に近づくことはしなかっただろう。できることなら、最後は笑って離れていきたい。もしかすると、これは俺がそんな当たり前の感情を取り戻すための、最後のチャンスなのかもしれない。ほんのわずかな時間だけ交わった、俺と彩葉の世界の終わらせ方。

俺は、彩葉にどう声をかけるべきかと悩みながら、歩き出した。数メートル歩いた後、リュックを置き忘れたことに気づいて、慌てて取りに戻る。

3

駅から市街地を抜け、市街地との境界線のような川に架かる道路橋を徒歩で渡る。土手道に下りてしばらく川沿いを歩き、農業用の貯水池脇の細い道に入る。一気に長閑になる田園風景の中をとぼとぼと歩くと、車が通るところを滅多に見ない、たった二車線の道路に出る。

県道四十六号線。

俺は、押ボタン式信号のボタンを押す前に、リュックからコーラのペットボトルと、開封していない煙草を取り出した。退院してすぐ、病院の前の自販機で買ったものだ。コーラはまだ少し、ひんやりとした冷気を保っていた。

俺は道端のガードレールの下にコーラを置き、枯れた花がささったビンが倒れているのを直し、途中の土手で摘んできた名も無き花と差し替える。最後に、真新しい煙草のフィルムを開ける。煙草は、小洒落《こじゃれ》たパッケージに軽いメンソールという、俗にいう「女タバコ」だった。慣れない細さの煙草を咥え、火を点ける。何度かふかして先端の火を大きくしようとしたが、つい煙を肺に入れてしまって、激しく咳《せ》き込んだ。

苦笑しながら、なんとか煙を出した煙草をコーラの横に添えた。ここに花が手向けられるようになってから十五年が経ったが、メンソールの煙草を線香代わりにするのはお約束のようなものだった。目を閉じて、手を合わせる。真冬の夜、パーカーのフードを目深に被って青信号の横断歩道を渡ろうとする背中が見えて、俺は慌てて目を開けた。

「そろそろ禁煙しろよ。もう結構な歳だからな」

俺はそう呟きながら、十九本の煙草が詰まったままの箱を、そっとガードレールのたもとに置いた。

——うるさいな。

——余計なお世話。

憎まれ口とともに尻を蹴られたような気がして、俺は自分の尻に手をやった。相変わらずだな、と苦笑する。

やるべきことを終え、俺は横断歩道の前に立つ。押ボタンを押すと、すぐに車道にせり出した信号が黄色に変わった。そのまま、幾ばくもなく歩行者用信号が青に変わり、「進め」と促す。県道四十六号線を渡りきって、モミジ並木の〝林道〟を抜ければ、ザリ川公園の広場だ。遅い、と口を尖らせながら、彩葉が俺を待っているだろう。

だが俺は、そこから前に踏み出すことができなかった。

歩行者用信号がはたはたと点滅を始め、赤に戻る。赤は、とまれ、だ。俺はもう、この道を渡れない。車用の信号が青に変わるが、相変わらず通り過ぎる車の影はない。遠くの木々を揺らす、ざわざわという風の音と、種類もわからない鳥の声が聞こえるくらいだ。

「渡らないのか」

突如、背後から声がした。俺は小刻みに何度か頷く。背筋が固まって、首を回せない。それでも、声の主はすぐにわかった。

氷室だ。

静かに胸の中の空気を吐き出し、下腹に力を入れる。殺し屋に背後を取られた以上、俺の運命はもう決まってしまっている。

「渡れなくて」

「今日はいつもみたいに驚かないな」

俺は口の中の固い唾を呑み込み、そうですね、と答えた。

「こういうことも、あるんじゃないかと思ってたので」

「そうか。気配に気づいていたか」

「いや、今の今まで、まったく」

冗談ではなく、俺の背後に氷室がいることなど、まったく気づかなかった。おそらくは、病院を出てから今までずっとつけられていたのだろう。途中、遮蔽物など何もない川沿いの土手道や田んぼの間の細いあぜ道も通ってきたはずなのだが、人の気配はどこにも感じなかった。県道四十六号線の押ボタン式信号が青に変わり、一歩踏み出そうとした瞬間になってようやく、俺は自分の首筋にちりちりとした殺気を感じて、足を止めたのだ。氷室の指が引き金にかかり、撃とうとするかすかな殺気が、なんとなく俺に伝わってきたのだろう。気づかずに歩き出していたら、地味な銃声とともに俺の人生は終わっていた。

「川畑さんの意向ですか」

「そうだ」

「俺が勝手なことをしたからですよね」

「勝手なことを、しないように」という川畑の声を思い出す。川畑の言葉一つ一つには、意味がある。勝手なことをするなと言われたのなら、勝手なことをしてはならないのだ。赤信号が止まれと警告するように、それは裏で生きている人間にとっては明確なルールだった。

だが俺は、ルールを破った。

川畑の許可なく氷室の依頼を請け、井戸から彩葉を解放するために川畑に嘘をついて〝リンゴ〟を取り寄せた。結局、騒ぎを起こし、警察沙汰にもなった。それは間違いなく、裏社会の秩序を乱す行為だ。

暴走する俺を、川畑はついに処断することに決めたのだろう。俺は川畑にとっては「稼ぎ頭」であったのかもしれないが、それでも、特別扱いを受けられるわけではなかった。ルールを破れば、なんらかの罰を受ける。わかり切っていたことだが、俺は自分の行動を止められなかった。理由はわからないが、人間とは面倒な生き物だ。やらなければならないことを、できるのにやらないことがある。そして、やってはならないことを、何故かやってしまうことがある。その度に後悔するが、後悔というものはいつだって先に立たない。

「残念だが、その通りだ」

「覚悟はできてますよ」

「そうか。何か言い残すことはあるか」

氷室が再び引き金に指をかけたのが、気配でなんとなくわかった。

俺は、ゆっくりと目を閉じる。一ヶ月がかりで俺を生かしてくれた病院の面々は、俺が死んだと知ったらがっかりするだろうか。だが、彼らにとって死は日常だろう。時間が経てばきっと忘れる。

もうあと数分歩いた先にいるであろう、彩葉はどう思うだろうか。いつまでも現れない俺にしびれを切らし、やはりがっかりしながら帰るかもしれない。だが、それも今日だけだ。時間が過ぎれば、その感情も風化する。

言い残すことは、なかった。何も。


少しの静寂の後、白昼の県道四十六号線に、火薬の爆《は》ぜる音が二発響いた。

俺はゆっくりと両膝をつき、あっけなく終わりゆく人生を感じようとした。だが、時間が経っても、なかなか俺の世界は変わらなかった。目の前には、とまれ、のままの歩行者用信号。風に揺れる木々のざわめき、種類のわからない鳥の声。俺の胸はまだ、呼吸に合わせて上下している。

「わかった」

「ありません」

おそるおそる後ろを見ると、氷室が撃ち終わった拳銃から弾丸を抜いているところだった。スーツの内側に銃を収めると、氷室は背後から俺の脇に手を差し入れて抱き起こし、体をまさぐり出した。やがて、ポケットに入れていたスマホを見つけて抜き取り、一緒に入っていたカードケースも引っこ抜いた。

「氷室、さん」

「なんだ」

「撃たないんですか」

「撃ったが」

氷室は、俺が手に持っていたリュックを指差す。そこには弾痕が二発分残されていた。

「いや、でも」

「いいか、お前は死んだ」

氷室はそう言いながら、俺の目の前に抜き取った運転免許証をちらつかせた。俺の今の名前と、とぼけた顔の写真。

「死んだ」

「そうだ。俺は交渉屋・澤田マコトを殺せと言われ、殺した。澤田マコトは予定通り死んだ」

「でも、それじゃ」

事態がよく呑み込めずに俺が呆然としていると、氷室は俺の顔を見て、ほのかに苦笑した。氷室のそんな表情を見るのは、初めてのことだった。

「しかし、嘘が下手だな、キダは」

「嘘？」

「言い残すことはない、とか、覚悟はできている、とか」

「嘘をついたつもりはないですよ」

俺の言葉を聞こうともせず、氷室は俺の持っていたリュックを回収し、代わりに持っていた大きめの茶封筒を俺に持たせた。封筒は、川畑の事務所で使われているものだ。

「これは？」

「餞別《せんべつ》だ」

「餞別？」

「児童養護施設の件、借りを返していなかったからな」

「あれは川畑さんのテストだったんじゃないですか」

氷室の交渉依頼。その交渉相手が、井戸の部下だったというのは、今思えばできすぎた偶然だ。川畑は俺に井戸の存在をわざとちらつかせながら、俺が川畑に従うのかを試していたのだろう。

「もちろんそうだが、先生の話も孤児の話も本当だ。俺が借りを作ったのは間違いない」

「でも、市役所で俺を助けてくれたのは、氷室さんですよね」

「助けたわけじゃない。キダも井戸も、誰一人殺さずに場を収めろ、という依頼を請けただけだ。金も貰った」

「どうせ今日殺すのなら、市役所で俺を生かす理由があったんですか」

「あんなところで人が死ねば、警察も本腰を入れて捜査する。そうなったら、さすがにキダの身元が怪しいことに感づかれるからな」

俺は、氷室の様子を窺いながら、封筒の中身をそっと見る。

「氷室さん、これ」

「あまり立ち話をしているわけにもいかない。そろそろ行け」

「行くって、でも――」

「行くところがあるんだろう」

氷室が、押ボタン式信号の押ボタンを押す。さっき押したばかりで、今度は信号が変わるまでに少し時間がかかる。

「今の家にはもう戻るな。死体は帰宅しないからな」

「氷室さん」

「せっかく命拾いしたんだ。何度も死ぬなよ」

氷室が、拳で軽く俺の胸を小突く。その動作の何気なさからは想像もつかないほどの重みが体の芯に残った。

「氷室さん、俺は――」

「そろそろだ。前を見ろ」

車用の信号が黄色から赤に変わり、歩行者用信号が再び、俺に向かって「進め」と言う。俺は一歩目を踏み出すべきか躊躇する。

「行け。振り返るな」

氷室の声に背中を押されて、俺は歩き出す。白と黒が交互に並ぶ横断歩道をゆっくりと進む。青信号が点滅を始めた頃、俺は県道四十六号線を渡り切った。大きく深呼吸をする。銃声はしなかった。

「氷室さん」

振り返って見た県道四十六号線の向こう側には、ろくに遮蔽物もない開けた風景が広がっているにもかかわらず、氷室の姿はもうどこにもなかった。キツネにつままれたような気持ちになりながらも、俺はまた自分の体に触れていた。腹の傷は塞がって痛みももうなく、心臓は変わらないリズムで動いている。

4

県道四十六号線を渡り、路肩から獣道のような側道に入る。少しの間、鬱蒼《うっそう》とした草の間を歩くと、やがて〝林道〟が見える。モミジの並木道を抜ければ、視界が開けてザリ川公園の広場に到着する。

腕時計を見ると、彩葉と電話をしてから四十五分が経っていた。少し急ごうとすると、つま先を何かに引っかけてつんのめった。なんとか転倒せずに済んだが、人が踏み固めただけの〝林道〟は、そこかしこに木の根が浮き出ていて危なっかしい。ただでさえ、長期入院明けで足腰が言うことを聞かないのだ。俺は下を向いて足元に注意しながら、できる限り歩くペースを上げた。

この道を抜ければ、そこには――。

「キダちゃん！」

急に名前を呼ばれて、俺は反射的に顔を上げた。その瞬間、周りの時が止まってしまったかのように、俺はその場から動けなくなった。

足が前に出ない。

声も出せない。

ただ呆然と立ち尽くしたまま、目の前に突如として現れた、見たこともない世界を眺める。

冬を目前にした、秋という季節の最後の瞬間。〝林道〟を象《かたち》作るイロハモミジの葉は、自然の色彩とは思えないほど鮮やかに色づいていた。絵の具で塗ったような、とてつもなく鮮烈な赤。ところどころに見える、きらきらとした黄色。俺の視界一面が、色で塗りつぶされている。

風が吹くと、いくつかの葉が枝から離れてひらひらと舞う。赤と黄色のカラフルなトンネルの向こうに、小さな人影があるのが見えた。

「彩葉――」

彩葉が、敷き詰められたモミジの絨毯の上を軽やかに走ってくる。その光景は、あまりにも美しかった。彩無き世界にいたはずの俺は、色とりどりの世界の中で、ただ生きていた。必死で空気を吸い込んで、心臓をバクバクと動かして。

急に、胸が苦しくなる。俺の体が、また震えた。

「キダちゃん」

俺の目の前で、彩葉が足を止める。そして、怪訝そうに俺を見上げた。

「泣いてるの？」

そんなことはない、と言おうとしたが、言葉が続かなかった。彩葉の言う通り、俺は泣いていた。目から涙を流して、肩を震わせて。鼻の奥がどうしようもなくつんとして、喉が締まる。返事をすることもできず、俺は言葉にならない「ああ」という音を吐き出して、しばらく沈黙するしかなかった。胸が熱い。どうしようもなく苦しい。

彩葉はからかうこともなく、俺の様子をじっと見ていた。そして、たった一粒だけ、ほろりと涙を零した。誰もいない世界の中、さわさわという木が揺れる音だけがそこにある。

「ドッキリを仕掛けられた気分だ」

「ドッキリ？」

「顔を上げたらモミジがきれいで、びっくりしたんだよ」

「きれいって、毎年見てたんじゃないの」

「見てた、はずなんだけどな。でも、見えてなかったんだろうな」

洟をすすって涙を拭うと、俺は笑った。彩葉もまた、へんなの、と言いながら袖で涙の跡を拭って、笑った。

「彩葉さ、引っ越すことになったんだ。結構、遠いところ」

「そうか」

「ママがね、パパと別れることにしたんだって」

「母親と一緒に行くのか」

「うん。まあ、パパはたぶん、少し一人になった方がいいんだよ」

「さみしくないか？」

「うん。さみしくない」

「まあ、彩葉なら大丈夫だ。まだかりっと欠けてないからな」

「欠ける？」

こっちの話だ、と、俺はお茶を濁す。

「明日ね、引っ越すとこだったんだ。だから、キダちゃんが今日退院してこなかったら、もう会えなかった」

「その方がよかったんじゃないか」

「またそういうこと言う」

　彩葉が一歩前に出て、俺の腹にグーパンチを入れる。おい、傷口が開くだろ、と、俺は腰を引く。

「彩葉さ、引っ越したら、学校に行こうと思うんだよね」

「その方がいい」

「たぶん、あんま友達なんかできないと思うけど、もしかしたら、キダちゃんみたいな子もいるかもしれないしさ」

「俺みたいな？」

「そう。かわいー子」

「かわいい」

「最初は、なにこのオジサン、て思ってたけど」

「それはまあ、お互い様だ。俺も、なんだこのクソガキは、と思ってたからな」

「クソガキって言った！」

　間違ってないだろ？　と、俺が笑うと、彩葉もすぐに、まあね、と笑った。

「でもさ、正直、ちょっと怖いんだ。新しい学校で、転校生です、って紹介されてさ、なんか変な目で見られたら、心が折れそう」

「一つ、いい方法がある」

「いい方法？」

「髪を染めて、金髪にして行け。変な目で見てくるようなやつは、思い切り睨み返せばいい」

彩葉が、金髪はヤバい、と目を丸くした。

「ヤバくない？　小学生で金髪とか。そんな子いないでしょ」

「そんなやついない、と思うようなやつは、この世界のどこかに必ずいる」

「いいかもね。金髪。似合うかな」

「どうだろうな」

「そういう時は、似合うよ、って言ってよ」

「嘘はつけないんだ、俺は」

もう一度、腹に彩葉のパンチが飛んでくる。傷口が開くだろ、と、俺は腰を引く。

「これ、返すね」

「別にいいんだけどな」

彩葉は、俺の部屋にいる時に肌身離さず持っていたスマホを差し出した。

「ごめんなさい」

このスマホを使って、彩葉は井戸と連絡を取っていた。俺に買わせたのは、井戸と繋がっているという疑いを持たせないためだったのだろう。

井戸に脅されて家を追い出され、両親の命を抱え込み、小さなリュック一つ背負って川畑洋行の事務所に続くあの階段を上っていく彩葉の後ろ姿を想像して、また胸がじんと熱くなった。針の筵《むしろ》のような俺との生活の中、怪しまれないように、嫌われないようにと、泣きたくなるのを必死に堪えながら、俺にいい顔をしつつ、井戸に俺の様子を伝えていた。十一歳の子供には、あまりにも重い役割だっただろう。

「謝らなくていい。そうするしかなかったんだろ」

「キダちゃんはさ、死ぬつもりだったんでしょ。一人であんなとこ行って」

「そういうことになっても仕方ない、とは思っていた」

「なんで？　彩葉のために？」

「約束したからな。なんとかするって」

「でも、帰ってくる、っていう約束もした」

「そうだな。それは言い訳ができない」

「バカだよ、キダちゃん」

「バカ？」

「彩葉は、そんなの、全然嬉しくないし、自分のせいでキダちゃんが死んだ、なんて思ったら、たぶん一生引きずる」

「悪かった」

「簡単に謝らないでよ」

「それは、その、悪かった」

「死んじゃだめだよ、絶対」

「たぶん、もう死ぬまでは死なない」

二回死んだからな、と俺が言うと、彩葉は「なに意味わからないこと言ってんの」と、眉をひそめた。

「キダちゃんはさ、ずっとこの街に残るの？」

「わからないな。明日からのことは、何も決まってない」

「彩葉が大人になるまでは無理かもしれないけど、いつかさ、遊園地に行こうよ」

「遊園地？　他のところにしないか」

「だめ。それまでに、絶叫マシンを克服しておいて」

「約束はできない。嘘はつけないからな」

彩葉が、俺に向かって小指を差し出す。

きっと、もう二度と俺と彩葉が会うことはない。俺は俺の人生を生きなければいけないし、彩葉もまた、自分の道を歩いて行かなければならない。一度分かれた道は、もう二度と交わることはない。だが、ほんのわずか交わった短い間の出来事は、いつまでも俺の中に残るだろう。温かいシチューの記憶とともに。

もう二度と会わないのなら、この場だけの約束をするのは簡単なことだ。だが、俺は簡単な気持ちで小指を差し出すことはできなかった。絶叫マシンか、とため息をつきながら、俺は彩葉の小指に自分の小指を絡ませる。絡まった小指同士を揺らす、あのリズム。彩葉は最後、「嘘ついたら――」と歌うべきところを、「嘘つかない！」と高らかに宣言して、強引に指を切った。これで約束が成立する。嘘もつけない。

「ちゃんと絶叫マシンを克服してたらさ、ご褒美に彩葉がキダちゃんのお嫁さんになってあげてもいいよ」

三食昼寝付きで、と、彩葉がしっかりと条件を加える。

「十五年早《はえ》え」

「じゃあ、十五年後で」

「そういう問題じゃねえんだよ」

「けどさ、十五年経ったら、キダちゃんいくつ？」

「五十になってる」

彩葉が、うえっ、と、顔をしかめながら舌を出した。

「うそ、マジで？」

「そりゃそうだろ。今、三十五なんだから」

「五十のオジサンと結婚するのは無理かも」

本気で嫌そうな顔をする彩葉に向かって、「オジサンて言うんじゃねえよ」と笑う。

5

母親と思《おぼ》しき女性と連れ立って帰っていく彩葉の後ろ姿を見送ると、俺はまた一人になった。〝林道〟を抜けた先にあるザリ川公園の広場は、それまでの鮮烈な色の世界から一変して、相変わらず土とコンクリートで固められたモノトーンの世界だった。人の姿もなく、鮮やかな色もない。もちろん、子供の姿もない。

だだっ広い空間に立ち尽くして、俺は、さて、どうしようか、と途方に暮れる。交渉屋であった「澤田マコト」は、氷室によって既に殺害された。家に帰ることもできないし、仕事もなくなった。俺はもはや「交渉屋」でも「澤田マコト」でもなくなってしまったのだ。

ふと、目の前に白い光に包まれた子供の姿が浮かび上がった。もうなくなってしまったザリ川の辺りで、懸命にザリガニの姿を探している。俺が瞬《まばた》きを一つすると、子供はいつの間にか俺の目の前に立っていた。そして、透き通った目で俺をじっと見る。

名前は？

俺は氷室から受け取った封筒を開け、中から一枚のカードを取り出す。免許証。もちろん偽造だ。やや引きつった俺の顔写真の横に、「俺の」名前が入っている。

――お城の城に、田んぼの田。

「城田だ」

名前を捨てなければいけない人間は、自分の存在そのものを売りに出す。使われなくなった個人のＩＤは、身分証に経歴、戸籍やあらゆる登録情報を一式まとめられて業者の手に渡り、新しい持ち主に売却されることになる。かつての俺と同じ「城田」という苗字を持った人間が、どういう経緯でＩＤを手放すことになったのかはわからない。だが、下の名前こそ違うものの、俺は数年ぶりに「城田」に戻ることになった。

キダか。オレは――。

「知ってる。お前はマコトだろ」

白い光に包まれたマコトが、にやりと笑う。

「悪ぃな。〝澤田マコト〟は死んじまったんだ。せっかく名前を貸してもらったのにな」

白いマコトは何も言わなかったが、「しょうがねえよ」と言っているようにも、「元々、おまえには似合ってねえんだ」と言っているようにも見えた。


じゃあ、行こうぜ。


マコトが俺の前でくるりと背を向け、走り出した。そのまま、ザリ川公園の風景の中に、溶けるように消えていく。俺は、その後ろ姿を見送る。別に、置いて行かれたわけではないだろう。きっとアイツは、これからもことあるごとに俺の前に現れて、名前は？ と聞いてくる。

俺は、手元に残った封筒を見た。封筒の中身は、「城田」という男のＩＤがだいたい揃っている。預金の残っている銀行の通帳や、クレジットカードも入っていた。そのほかには、案外近所にある新しい家の鍵と、スマートフォン用のＳＩＭ《シム》カード。当面はなんとか生活ができそうだ。免許証は、人生で初のゴールド免許だった。

「それにしても」

俺は、免許証を見て思わず噴き出す。引きつった俺の顔。氏名の欄には、「城田」という苗字。そして、名前は――。

こんな都合のいい名前があってたまるかよ。

俺は笑いながら、新しい免許証をポケットに突っ込む。

交渉屋(6)

夕方になると、窓から強烈な西日が入ってきて、事務所の中に黒い影を作る。夕日は綺麗《きれい》なものだが、さすがに仕事をする時には鬱陶しい。川畑は窓のブラインドを下ろすと、受話器を片手に、定位置である自分の椅子に座り直した。

「ええ、本当にね、社長にはご面倒をおかけしてしまって。すみませんね、いやいや、こちらこそ、申し訳ありません」

電話の相手は、昔から付き合いのあるヤクザの組長だ。最近は訳あって組の看板を下ろし、TXEなどという不動産会社の社長という体になっている。昔は川畑も「親分」と呼んでいたが、最近は「社長」と呼ぶことにしている。

「例の一億については、今月末に持っていかせますから。ええ、いや、あれはさすがにやりすぎで。本当に申し訳ない」

三月《みつき》ほど前、川畑は一つの相談を受けた。依頼主は社長だ。だが、内容は不可解なものだった。井戸という〝社員〟のビジネスを潰したい、というのだ。自社の社員、要するに組員のシノギを潰してなんの得があるのか、川畑にははじめ見当がつかなかった。

理由を聞くと、これがまた複雑な話だった。

井戸という男は「金を稼ぐ」という面においては非凡な男で、毎月の売上は社内でもトップクラスという有能な社員であったようだ。だが、一方で、その売上の多くはカタギを騙して巻き上げた金であることが、社長の知るところとなったのだという。

ＴＸＥが代紋を掲げていた頃からずっと、カタギに手を出すのはご法度とされていた。無論、ただ任俠を気取っているわけではなく、警察に目をつけられるようなネタを作ってはならない、という意味がある。それは地域に根差した土着のヤクザが生き残るための厳格な「ルール」だった。

だが、井戸は自らが売上を作っているという自負もあって、社長や幹部たちを軽視する向きがあった。社長が呼び出して説教したところで聞く耳を持つとも思えない。かといって、幹部連中の前で糾弾するならば、立場上、相応の落とし前をつけさせなければならなくなる。大事《おおごと》になることを恐れた社長は、旧知の川畑に相談を持ちかけた、というわけだ。

川畑は、「井戸に搾取された女の借金を棒引きにする」という交渉を社長自身に仕掛けてはどうか、と提案した。要するに、自演だ。社長自らが交渉を受けることで、「ルール違反」の存在を全社員に明らかにする。井戸の名前を出さずに事を収めれば、幹部たちも井戸を糾弾することはできない。井戸自身も、下手を打つと処分を受けるとわかれば、迂闊にカタギを食い物にすることはできなくなる。そう考えたのだ。

計算違いは、川畑が選んだ「交渉屋」が、TXEから大金をふんだくるという勝手な行動に出たことだった。TXEにとっては、借金を棒引きにするのと金を奪われるのとでは、体面上、大きな違いがある。組の面子《メンツ》を潰されたと感じた幹部たちは、原因が井戸であることをつきとめ、落とし前をつけさせることを強く要求した。結局、社長は自分が蒔《ま》いた種だと言い出すこともできず、幹部の不満を一身に浴びながら、それでも大甘処分を下すしかなくなったのだ。

嘘は時として便利だが、真実に比べると脆弱なものだ。

「交渉屋」は、純粋に女からの依頼だと信じ、その境遇に同情して、どうにかしてやらねばならないと考えたのだろう。借金が棒引きになったとしても、死んだ夫や、失われた夢、心に負った傷は元には戻らない。ならばせめてと、金を奪い、女に与えた。人間性という面では正解だろう。だがそれは結果的に井戸との確執を生み、事をより大きくしてしまった。川畑も社長も、後始末には随分苦慮することになった。

「交渉屋」も井戸も、純粋すぎたのだ、と川畑は思う。

生来の嘘つきである川畑ならば、あの落ちぶれた女が高額な依頼料を出せるはずがない、ということにすぐ気づくだろう。話に裏があると思えば、裏があると思いながら対応ができる。だが、「交渉屋」は、川畑が考える以上に純粋だった。

井戸もまた同じだった。嘘つきの人間が持つ視野があれば、あれが社長の情けであると気がついただろう。そして、少しは行動を自重したかもしれない。ところが、井戸はより先鋭的な方向へ向かってしまった。自らを処分せんとした幹部連中を敵とみなし、市長まで巻き込んで組織もろとも一掃してしまおうと考えたのだ。上を見上げるあまり、足元を見ることをしなかった。

川畑に言わせれば、二人ともまだ若かった。

「そうですか。その、井戸とかいうのはどうすることに？　あ、そうですか。やはり。仕方ないことですね、それは。ウチもまあ、そうですね。悪いのはこっちだと思いますがね、それでも、ルール違反をした以上は、処分を下さなければならんので」

「交渉屋」はルール違反を犯した。そして、川畑が与えた最後のチャンスにも気がつかなかった。「勝手なことをするな」という最大限の警告を与えたつもりだったが、それも届かなかった。

川畑のところで働き出してから今まで、「交渉屋」がまとめた交渉の成果は計り知れない。それは川畑に莫大《ばくだい》な収益をもたらした。これまでの貢献度を考えれば、不問に付すという選択もあったかもしれない。だが、例外を作れば、法という縛りのない裏社会は秩序を失う。ルールは絶対でなければならない。他の人間たちへの影響を考えて、川畑は「交渉屋」を処分せざるを得なくなった。

嘘つきは、世界をうまく回そうといろいろな嘘を考える。きれいごとだけでは世界は回らないのだ。それでも、時に、その嘘を粉砕してしまうほどの真実に直面して、頭を抱えることもある。人間というものは難しいものだな、とつくづく思う。合理的な嘘よりも、不合理な純粋さに命を捧《ささ》げる者もいるのだ。

「ええ、ああ、そうなんですよ。うちの事務所もね、再開発地区にあるもので、もうぼちぼち移転をしないといけないんですがね。まあ、ここで何十年もやってますから、なかなかうまい具合にいかないもんです。ああ、社長のとこも。そうでしょうなあ」

川畑は立ち上がって、棚の置物を一つ手に取った。何十年もそこにあった置物の頭には、その時間分の埃《ほこり》が積もっていた。考えなしに手に取ってしまったために、盛大に埃が舞い上がった。

「ええ。でもね、まあ、我々みたいなものがいないと、世界ってのはうまく回りませんからね。これからどういう時代になるかは知りませんけどね、はいもうやめます、というわけにもいかんですからな。ええ、お互いに」

最後に社交辞令を並べて、社長との通話を終える。受話器を電話機に載せると、ちん、と音がして電話が切れた。この何気ない音も、川畑がいなくなるのとともに、この世界からなくなっていくだろう。

今日の仕事は終わり、と決めて、川畑はブラインドの羽根を開いた。また、強烈に赤い西日が、事務所の中を白と黒にくっきりと分ける。川畑自身に残された時間は、そう長いものではないだろう。世界の行く末をどこまで見届けることができるかはわからない。あらゆるものが嘘で作られた世界の中にいると、嘘のつきようのない太陽という存在は、どうしようもなく美しく見えることがある。

ドアが開く音。川畑がくるりと椅子を回して正面を向くと、スーツ姿の「殺し屋」が戻ってきた。いつもながら、腹の中が見えない仏頂面をしている。

「戻りました」

「ご苦労さん。どうだった、首尾は」

「交渉屋は処分しました」

「そうかい。嫌な役だっただろう。すまなかったな」

「いえ、特には」

「殺し屋」が、無駄のない動きで川畑の正面に立ち、二発の弾痕が残るカバンを置いた。弾は、寸分違《たが》わず、人の急所を撃ち抜いている。仕事の完了を確認して、川畑は引き出しから半金の入った封筒を取り出し、机の上を滑らせた。「殺し屋」は封筒を受け止めると、中身を確かめることもなく、上着の内ポケットに捻じ込んだ。

「その、なんだ。最後に、何か言っていたかい？」

川畑は、茶を啜りながら「殺し屋」の目をじっと見る。西日を背にすると、相手の瞳孔の動きがよく見える。

「いえ、特に何も」

「そうか。今日はもう上がりだ。帰りなさい」

四角四面なお辞儀をすると、「殺し屋」はまた、無駄のない動きで事務所を出て行った。扉が閉まる音を聞いてから、「交渉屋」のカバンを引っくり返してみる。二発の弾が貫通した痕はあったが、そこにあるべき血痕は残っていなかった。

「この世界は、嘘つきばっかりだねえ」

机一面に広がる書類をまとめながら、川畑はそっと笑った。

冬の予感とノスタルジア

お待たせしました、というファミレス店員の辛気臭い声と一緒に、俺の注文した「ナポリタン・スパゲティ大盛り」が運ばれてきた。トマトソースの赤が色鮮やかだ。ほのかに立ち上る湯気が食欲をそそる。

俺の向かい側には、オムライスが置かれた。ワンコイン以下という安さだけがウリの存在だが、赤と黄色の色どりは綺麗に見える。

「おい、いつまでやるつもりだ、それ」

俺がナポリタンに粉チーズとタバスコを振りかけていると、オムライスを前にした井戸が、眉をひそめながらスプーンの先で俺のナポリタンを指した。

今日は、「ミルキー・ミルキー」に飯を食いに来ただけだった。

「交渉屋」の仕事を失い、この街に俺の居場所はなくなった。俺は今日、住み慣れた街を出る。両親が死んでから今まで、俺という人間のありとあらゆるものが詰まった世界から、スーツケース一つを持って出て行くことにしたのだ。心細い、という歳でもないが、ほんのわずか、さみしさを感じる。

通い慣れたこの店でナポリタンを食うのも、今日で最後になる。三十年住んだ街だが、一旦離れてしまえば戻ってくることはないかもしれない。食い納めだと思うと一大事のようにも感じるが、彩葉の言葉を思い出す。買ってきたナポリタンに、粉チーズとタバスコをかければ同じ。確かにそうだ。俺はただ、理由をつけて記憶にしがみついていたかっただけなのだ。

席につき、注文をしようとしたところで、店の扉を開けて入って来たのが、なんとあの井戸だった。井戸は俺を見つけると、何を思ったのか目の前に座り、さらに何を思ったのかオムライスを注文した。そして、今のこの奇妙な状況に至っている。

「飯なんか食って、腹の傷から食ったもんが出てこねえのか?」

「お蔭様で、もうすっかり治った」

「なんだよ。もうちょい深く抉ってやりゃよかったな」

井戸がカトラリーケースを覗き込むが、生憎、二人ともナイフを使うようなメニューは頼んでいない。

「謹慎中と聞いたが、外を出歩いていいのか」

「いいに決まってんだろ。破門《クビ》にされたんだよ、あんたのせいでな」

「そうなのか」

話を聞けば、井戸はあの後すぐに破門を言い渡されたのだという。ヤクザの世界では、「破門」は「絶縁」の次に重い処罰だ。それでも、井戸がやろうとしたことを思えば、甘い処分とも言える。破門になってしまったら、もうその組に復帰することも、近隣の組に入ることもできない。足を洗って真人間になるか、どこか遠くの縁のない組に「再就職」するしかないようだ。言われてみれば、井戸もまた、俺と同じようなスーツケースを足元に転がしている。

「なあ、あんた、前に言っただろ」

「ん？」

「ゴールに辿り着いたところで、そこには何もねえって」

「ああ、そうだな」

「今でもそう思うか？」

粉チーズとタバスコを存分にかけ終わり、俺はようやく一口目をフォークに巻き出した。ゆっくりとスパゲティを巻く俺の様子を、井戸がぎらぎらとした目で見ている。

「思う」

「じゃあ、あんたはなんのために生きてるんだよ。生きてるだけで丸儲け、みたいなことか？　仙人じゃねえんだからよ」

「さあな。何かのために生きてるわけじゃない。心臓が動いているから生きてるってだけだ」

「そんなの、生きてるって言うのか？」

ナポリタンを口に運ぶ。辛くて、酸っぱくて、臭い。

「言うんだよ。死んでねえんだから」

「俺はな、そんな人生には我慢ができねえんだよ」

「そりゃまあ、そういうやつもいるんだろうな」

「諦めねえぞ、俺は。こんなクソみてえな飯を食って生きるような、くだらねえ人生はご免なんだ」

そう言いながら、井戸はオムライスを乱暴にすくい上げ、口に捻じ込むようにして食った。味は確かにアレだが、クソみてえ、は言いすぎだろ、と、俺は店の人間に代わって抗議する。

「なあ、ヒマなら、俺とビジネスをやらねえか？」

「ビジネス？」

「腹刺されてあんだけ立ってられるくらい気合い入ったやつは、なかなかいねえからな。

その気がありゃ、俺が使ってやってもいいんだぜ」

「デカいハゲがいただろう。あいつはどうしたんだ」

「あいつは見かけ倒しもいいとこだった。撃たれたくらいで、ビビって足洗いやがって」

「普通の人間は、銃で撃たれたらビビって辞めるんだよ」

「あんたは違うだろ。どうだ？　裏社会を突っ走って、がっつり稼いで贅沢をする」

「遠慮しておく。俺はもう、走るのはやめたんだよ」

「なんでだよ」

「コケたら痛えだろ」

「ジジイみてえなことを言うんじゃねえよ。くだらねえ」

井戸はあっという間にオムライスを平らげると、爪楊枝《つまようじ》を咥えた。今は、煙草を買う金もままならないのかもしれない。爪楊枝を煙草代わりに、煙を吐くように息を吐く。

「俺はな、止まらねえぞ。絶対にな」

「別に止める義理もないが、あんまりスピード出しすぎるなよ。事故るぞ」

井戸は、つまんねえ野郎だ、と捨て台詞を残すと、俺の分も入った伝票をひったくり、会計に向かった。前は一万円札を放《ほう》って出て行ったが、今日はしっかりと釣り銭を受け取っていた。

井戸が出て行くと同時に、数名の客が入れ替わりで入って来た。昼時、店内は混雑とはとても言える状態ではないが、それなりに客が入っている。国道側の窓に目を遣ると、向かいのファミレスが見えた。少し前から営業を停止し、建物はもぬけの殻になっている。店舗自体は別の場所に移転したようで、大手はやっぱり金があるな、と感心する。

向かいのファミレスが移転したとはいえ、中央分離帯のある国道沿いでは客をそっくりいただくというわけにもいかないだろう。それでもわずかながら、「ミルキー・ミルキー」の客は増えた気がする。近所に住んでいる家族連れあたりが、仕方なく舞い戻ってきたのかもしれない。

ナポリタンを食べ終え、そのまま外に出る。落ち葉の季節もそろそろ終わりだ。キンと冷たい風に吹かれて、俺は思わず首をすくめた。「ミルキー・ミルキー」のロゴが描かれたドアには、新しい張り紙が貼ってあった。店長の性格なのか、また文章がだらだらと長い。要約すると、閉店を撤回する、という内容だ。

「交渉屋・澤田マコト」の人生最後の交渉は、国道の拡張計画の見直しだった。病室に見舞いに来た市長と二人きりになった時、井戸との関係を表沙汰にしないことと引き換えに、俺は「国道を逆側に拡張する」という条件を提示した。最初は難色を示した市長だったが、自らの政治生命がかかっていることもあって、なんとか強引に計画変更を押し通したようだ。結果、国道は「ミルキー・ミルキー」のある方とは反対側に拡張することが決まり、店は立ち退《の》きの必要がなくなったのだった。

道の向こう側の住民には寝耳に水だっただろうが、市長が立ち退きの協力金に色をつけさせたこともあって、あまり反対は起きなかったようだ。早ければ、来年の春頃には工事が始まる。俺は、思い出の味を残すことができた。残っていれば、またいつか食いに来ることもあるかもしれない。

店から出て数歩もいかないうちに、尻ポケットがぶるぶると震えだした。やたら陽気な音も鳴る。俺は慌ててスーツケースをその場に立て、手をポケットに突っ込む。慌てたせいか、引っ張り出すなりスマホを地面に落とした。手先が不器用というのは、どうも不治の病であるらしい。俺は急いでスマホを拾い上げ、ガラス面が割れていないことにほっとしながら、画面を見る。出発の時間を報せるアラームだ。自分で設定しておいて忘れていた。

ようやくアラームを止めて、スマホのホーム画面に戻る。スマホ本体は、先日、ザリ川公園で彩葉から返してもらったものだ。嫌がらせのつもりなのか、返却されたスマホは、俺と彩葉が一緒に写った画像が壁紙に設定してあった。水族館に行った日の帰り、夕日の落ちる海岸で彩葉の自撮りに無理矢理付き合わされた時のものだ。彩葉と並んで、視線をカメラとは違う方向に向けた俺のマヌケ顔が写っている。見る度に恥ずかしくなるのだが、画像の端に「消したら殺す」と書かれているので、迂闊に変えることができないでいる。もう、殺されるのはごめんだ。

「さて、行くか」

見上げると、澄んだ冬の青空がどこまでも続いていた。ほのかに、小さな雪の粒も舞っている。そういやあの時もこんな青空だったな、と昔を思い出していると、見えない誰かに尻を蹴られて、俺はようやく歩き出した。少し前方に、ザリガニの入ったバケツを持った子供の後ろ姿が浮かび上がっている。早く行こうぜ。冬の風に乗って、かすかに思い出深い声が聞こえる。わかったよ、と、返事をする。

吐き出した息が白い。そして、心臓は変わらず動いている。

解説

藤田香織

チョロいな、と思う。

なにがって、自分が、だ。本書『彩《いろ》無き世界のノスタルジア』の単行本が刊行されたのは二〇二〇年の十二月。読みながら何度も、あーこれこれ！　と、ニヤニヤし、ニヤニヤしているのに泣きたくなって、ヤダもう！　こんなのずるい！　ひどい！　とジタバタし、でも好き……と、カバーを見返して、ため息をついた。乙女か。

それから三年近く経《た》ち、文庫化されることになり再読しても、やはり同じだった。正確にいえば、新たな発見もあり、納得もあり、理解もあったのだけれど、それでもやっぱり好き、という気持ちが込み上げてきた。解説に、お気持ち表明なんて不要だよ、と分かっているのに、書かずにいられない。これはもう理屈じゃない。この「世界」が、行成薫の描くこの物語の世界が、本当に大好きだ。

舞台となるのは、再開発の計画が進む街。戦後、闇市として発展してきたごみごみとした北側を中心に、生活感溢《あふ》れる駅前も、これからの数年で海外のリゾート地のように生まれ変わる予定になっている。主人公の澤田《さわだ》マコトことキダは、この街に暮らして約三十年。紆余曲折《うよきよくせつ》あって、「交渉屋」という、まっとうとは言い難い仕事を続けていた。

その仕事で、暴力団のフロント企業である不動産会社、株式会社トゥエンティエックス・エステート、略して「TXE」に、依頼人の女性連れで乗り込んで行ったのが物語の幕開けだ。TXEの課長・井戸茂人《いどしげと》は、〈夫が自殺し、女が多額の借金を背負ったのは、TXE社員の行きすぎた行動によるものである。人として誠心誠意、代表者である社長に謝ってほしい――〉という交渉内容の「行きすぎた行動」をさせた黒幕で、この一件によって、組長ならぬ社長が唱える〈カタギには手を出すな〉という掟《おきて》に背いていたことが発覚。交渉屋のサワダマコトによって、立場が悪くなった上、後に地元のファミレス「ミルキー・ミルキー」で居合わせた際、まったく顔を覚えられていなかったことを屈辱だとうけとめ、交渉屋への怒りを増幅させていく。

もうひとり、本書の重要人物となるのが、キダの雇い主でもある川畑《かわばた》の事務所に、「パパとママが殺された」とやって来た小学五年生の彩葉《いろは》だ。トラブルを抱えていた父親に事務所の場所を教えられたものの、喋《しゃべ》ったら助けてもらえないから言うなと命じられたので父親の名は明かせないという。川畑の営む「川畑洋行」は、国内ではなかなか流通しない珍しい商品の輸入代行・卸売を生業《なりわい》としている、といえば聞こえはいいが、裏社会と繋《つな》がっているため警察に届けるわけにもいかない。第一章となる「変わりゆく世界と変わらないナポリタン」は、キダが身元が判明するまで彩葉を預かることになって三日目、という状況だ。

井戸に、自分の命を簡単に、かつ冷静に交渉のツールとして使う、命を惜しまない人間だと目されたキダは、実際生きたいと思っているのかどうか、自分でもわからずにいた。女にも金にも食にも、執着もなければ欲もない。淡々と与えられた仕事をこなし、余計なことは喋らず、笑うこともなく、孤独なモノクロームの世界をただ生きている。そんなキダの毎日が、彩葉と過ごすことで、少しずつ色づいていく。どうでもいい話をして、一緒に食事をし、くだらないことで笑って、キダの世界は彩を取り戻していく。縁もゆかりもない見知らぬ子供でしかなかった彩葉が「大切なもの」へと変わっていく。彩葉の身元や井戸の目論見《もくろみ》、そうしたすべての真相が明らかになったときの衝撃度も凄《すさ》まじいが、物語の柱になっているのは、キダの生きる世界の変化そのものだ。

では、なぜキダはモノクロームの世界を生きていたのか。

御存知の方も多いと思うが、本書は二〇一三年に刊行された行成薫のデビュー作『名も無き世界のエンドロール』（集英社→集英社文庫）の続編、という位置付けになる。本書の単行本は、『名も無き～』の映画が公開される少し前に刊行されたので、映画を観《み》て文庫化を待ち望んでいた、という方も少なくないだろう。もちろん本書を先に読んでも十分楽しめるし、前作を読んだり映画は観たものの細部は忘れてしまった、という方でも問題はない。ただ、いずれにしても、この『彩無き〜』を読み終えたならぜひ『名も無き〜』にも手を伸ばして欲しい。

キダが些細《ささい》なことでも大袈裟《おおげさ》に驚くようになったのはいつからなのか。車の来ない県道四十六号線を横切る横断歩道の押ボタン式信号を無視して、「渡っちゃえばよくない？」という彩葉に「よくない。押ボタンの立場がなくなるだろ」と返したその理由。「そんなのありえない、と思ったことってのは、だいたいどこかで起きているもんだ」。「みんながルールをちゃんと守らねえと悲劇が起きるんだよ。人でも車でも、赤はとまれ、だ」。何気なく読んだ台詞《せりふ》の重みが増すだろう。十年ほど前、キダの「交渉」によって交際相手と別れさせられたことをきっかけに落ちぶれた佐々木《ささき》の後ろ盾となっていた実業家・安藤《あんどう》の陰湿な完璧主義者ぶり。その安藤から五年前、佐々木に「キダを殺せ」と連絡があったのはなぜなのか。キダが「川畑洋行」で働くことになった経緯もわかるし、拳銃を撃つ場面も描かれている。彩葉との「約束」に〈少し躊躇した〉のは、この「約束」があったからなのか、と思い至る。

今では週五で食べている大量の粉チーズとタバスコを振りかけた「ミルキー・ミルキー」のナポリタンを、かつてキダは「クソ不味《まず》い」と言っていた。胸に刻まれている

〈中学生の頃、一度だけ来たことがある海岸〉の「思い出」。彩葉の指に糸を結びつける手品。「さびしい」と「さみしい」の違いについてのこだわり。〈一番仲が良かった〉幼馴染《おさななじ》みのマコトと、〈特別かわいくもないし、かわいくなくもない〉けど好きだったヨッチ。「たぶん」結婚しているはずのふたり。ダッサい「プロポーズ大作戦」の全容——。

前作にはキダが自分とマコトは、ヨッチに会うまで笑わない子供だったと話す場面もある。「ゲラゲラ笑うことなんて絶対になかった」ふたりは、〈自分と世界とのつながりを探し回って、結局その遠さにがっかりする。幼い頃の俺たちは、それを何度も繰り返していた〉のだと。ヨッチに出会ったことで笑えるようになったのに、本書でキダは、三十五歳の現実を、笑うという感情を失ったように生きている。その背景が『名も無き～』にすべてあるのだ。

個人的には、キダや井戸に何歳なのかと聞かれ、彩葉が年齢ではなく「小五」と答える場面も刺さった。あぁ小五なのか。キダとマコトがヨッチに出会った年齢だ。と、それだけで泣きそうになる。まったくチョロい。そんな彩葉に「キダちゃんさ、初めて笑ったよね」と言われたら、もうたまらない。紅葉したモミジの絨毯《じゅうたん》の上を軽やかに走ってくる彩葉を見て、「キダちゃん」が感情を取り戻し、涙を流す。鮮やかに浮かび上がるその場面。〈胸が熱い。どうしようもなく苦しい〉というキダちゃんを思えば、乙女じゃなくても涙がこみあげてくる。読み手の感情もどうしようもなく動くのだ。同様に、前作で回収されていなかった小さな謎が、本書で明らかになる記述もある。本書の「イロトリドリ ノ セカイ」で澤田マコトから再び城田《きだ》に戻ったキダの〈都合のいい名前〉とは何なのか、気になっている読者も多いのではないだろうか。私には思い浮かぶ名前がひとつあるけれど、読者それぞれにも候補があるかもしれない。その答え合わせをいつの日にかさせて欲しいし、その前に、スピンオフを読みたいという希望もある。

この結末を読んだら、これはもう、絶対的にもっとその背景を知りたくなる川畑と氷《ひ》室《むろ》を主役にまず二話。氷室の嘘《うそ》に気付いている川畑は、それさえ見越していたように感じるけれど、果たしてどうなのか。氷室はいかにして「殺し屋」になったのかも知りたいし、児童養護施設の兄弟も気にかかる。彩葉は、高校生ぐらいに成長した姿も読みたいが、金髪で転校し（て欲しい！）た先の話も捨てがたい。性懲りもなく虎視眈々《こしたんたん》とビジネスチャンスを狙う井戸のこれからも、あるいは少年時代も興味を引かれるし、前作からはキダがかつて働いていた板金塗装屋の社長で、川畑と幼馴染みだという宮沢《みやざわ》の話も知りたいと思う。もうひとり、「ミルキー・ミルキー」の店長も深掘りして欲しい。意外と複雑な人物なのではないか、とみているので、作者にはどうか「なんとかするさ」と言って欲しい。

続いていく、つながっていく「世界」は終わらない。次はどんな「大作戦」になるのか。大いに期待して待っている。

（ふじた・かをり　書評家）

本書は、二〇二〇年十二月、書き下ろし単行本として
集英社より刊行されました。

本書はフィクションであり、実在の人物、団体等とは
一切関係ありません。

本文デザイン／坂野公一（welle design）

行成　薫の本

名も無き世界のエンドロール

「ドッキリスト」のマコトは、幼馴染みの俺を巻き込んで、史上最大の「プロポーズ大作戦」を決行すると言い出し……。大いなる「企み」を秘めた、第25回小説すばる新人賞受賞作。

集英社文庫

行成　薫の本

本日のメニューは。

おふくろの味のおむすびが繋ぐ人の縁。熱々のデカ盛り定食に秘められた切ない過去……。とびっきり美味しい料理と人間ドラマに食欲も涙腺も刺激される、五つの極上の物語。

できたてごはんを君に。

風変わりなかつ丼の意外な誕生秘話。小麦アレルギーの子供のため、超絶うまい米粉パン作りに奮闘する若き職人……。「美味しい」と「幸せ」が詰まった、最高のごはん小説。

集英社文庫

集英社文庫

彩《いろ》無《な》き世界《せかい》のノスタルジア

2023年10月25日　第1刷　定価はカバーに表示してあります。

著　者　行成《ゆきなり》　薫《かおる》

発行者　樋口尚也

発行所　株式会社　集英社
東京都千代田区一ツ橋2-5-10　〒101-8050
電話　【編集部】03-3230-6095
【読者係】03-3230-6080
【販売部】03-3230-6393（書店専用）

印　刷　TOPPAN株式会社

製　本　TOPPAN株式会社

フォーマットデザイン　アリヤマデザインストア　マークデザイン　居山浩二

ISBN978-4-08-744579-4 C0193